Lóng是 金 ê！

台語認證考古題

附 試題解析

 聽力、聽寫、口語測驗光碟

全民台語認證

NCKU · CTLT · GTPT

全國第一｜專業台語｜認證機構

Tâi-uân Gí-bûn Tshik-giām Tiong-sim
國立成功大學 台灣語文測驗中心 編著
NCKU Center for Taiwanese Languages Testing

Lóng 是金 ê!
台語認證考古題

策　　劃／國立成功大學台灣語文測驗中心
　　　　　電　話／ 06-2387539
　　　　　地　址／ 70101 台南市東區大學路 1 號
　　　　　網　址／ https://ctlt.twl.ncku.edu.tw/
編輯小組／蔣為文・林美雪・潘秀蓮・穆伊莉
出　　版／亞細亞國際傳播社
　　　　　電　話／ 06-2349881
　　　　　地　址／ 700017 台南市中西區公園路 56 號 3F
　　　　　網　址／ http://www.atsiu.com
出版日期／公元 2015 年 10 月初版
　　　　　公元 2023 年 4 月初版 3 刷
定　　價／新台幣 480 元
I S B N ／ 978-986-91020-4-9

本書介紹內容如有異動，以國立成功大學台灣語文測驗中心該季最新簡章為準。
本書考古題僅供參考，並不代表會出現於正式考試的試題當中。

Bȯk-liók 目錄

A 全民台語認證 ê 紹介 4

B 全民台語認證準備 ê mê-kak 11

I 台語認證試題 (POJ/ 傳統版)
　閱讀測驗試題 ——————————————————— 14
　聽力測驗試題 ——————————————————— 28
　口語測驗試題 ——————————————————— 38

II 台語認證試題 (TL/ 台羅版)
　閱讀測驗試題 ——————————————————— 46
　聽力測驗試題 ——————————————————— 60
　口語測驗試題 ——————————————————— 70

III 試題解答 (POJ/ 傳統版)
　閱讀測驗難題解答 ————————————————— 78
　聽力測驗完整對話 ————————————————— 91
　聽力測驗難題解答 ————————————————— 103
　口語測驗參考答案 ————————————————— 112

IV 試題解答 (TL/ 台羅版)
　閱讀測驗難題解答 ————————————————— 118
　聽力測驗完整對話 ————————————————— 131
　聽力測驗難題解答 ————————————————— 143
　口語測驗參考答案 ————————————————— 152

V 答案 kap 試題答案卡 (POJ/ 傳統版)
　閱讀、聽力、聽寫答案 kap 試題答案卡 ———————— 158

VI 答案 kap 試題答案卡 (TL/ 台羅版)
　閱讀、聽力、聽寫答案 kap 試題答案卡 ———————— 168

全民台語認證 ê 紹介

「全民台語認證」是由「國立成功大學台灣語文測驗中心」所研發 ê 台語能力檢定測驗系統。全民台語認證主要目的是 chiâⁿ 作教育 kap 推廣台語 ê 用途，適合 16 歲以上 ê 成人來檢測家己 ê 台語聽、講、讀、寫四方面 ê 語言能力程度。全民台語認證 ùi 2011 年開始新增加海外考場（初期有日本、越南 kap 美國考場），名稱號做「國際台語認證」（iTPT）。另外，ùi 2012 年開始針對 16 歲以下 ê 中小學生開辦「中小學生台語認證」。

「全民台語認證」ê 前身是「全民台語檢定聯盟」ê「全民台語能力檢定」kap 教育部 tī 2008 年委託成大辦理「臺灣閩南語語言能力認證試題研發計畫」（教育部台語字第 0970074259 號函）ê 研發成果之一。Sòa-chiap 教育部委託成大進行台語認證試題研發一年了後，成大台語認證研發團隊繼續以家己款經費 ê 方式進行研發。全民台語認證是經過幾擺預試，確定信度 kap 效度達到語言測驗標準了 chiah 正式開辦 ê 台語能力測驗。Chit 期間承蒙各縣市政府 ê 肯定，koh tī 2009 年 11 月 14 日以專案方式辦理第一擺全國性正式考試。Hit 擺考試由台南縣市、嘉義縣市 kap 屏東縣委託成大台語認證團隊針對國中小學老師 kap 台語支援人員聯合辦理台語檢定。因為 hit 擺考試 ê 報名對象有限制，造成 bē 少想 beh 參加考試 ê 社會大眾真正遺憾。因為按呢，成大台灣語文測驗中心 tī 2010 年 7 月正式推出全民台語認證，thang hō͘ 所有需要檢驗家己台語能力 ê 大眾自費報名參加。

現此時 ê 社會分工真幼 mā 真注重專業證照。無論金融、資訊、電機、土木、語言等等 lóng 有相關 ê 檢定考試。專業證照會使講是目前各行各業 ê 趨勢。Ke 一份語言證照，就 ke 一份就業機會！

全民台語認證採取「標準參照測驗」，依照歐盟標準，分六級。為 tio̍h 增加考試效率，考生免分初試 kap 複試，mā 免分語言級數 考試，kan-taⁿ 參加一擺考試，就 ē-tàng 依照所得 tio̍h ê 成績總分對照出台語能力級數。考生 ē-tàng 照依家己 ê 需求選考「體驗版」（kan-taⁿ 考閱讀測驗 kap 聽力測驗）抑是專業版（考閱讀、聽力、聽寫 kap 口語等四種測驗）。專業版成績達到各級標準，考生 ē-sái tī 兩冬內，隨時 kā 本中心申請台語認證證書。各項成績有效期間是 ùi 考試日起二冬內截止。

【體驗版】考試時間表

節次	考試科目／考試題型	分數配分	考試時間	答案卷類別
第1節 9：10～10：20	**閱讀測驗** (a) 詞彙及語法測驗 (b) 閱讀理解	180	70分鐘	2B劃卡
第2節 10：50～11：40	**聽力測驗** (a) 對話選擇題 (b) 演說選擇題	120	約40分鐘	2B劃卡
	填寫考生問卷		約10分鐘	2B劃卡&紙筆

（1）【體驗版】成績總分 300 分。

（2）除第 1 節閱讀測驗為確切時間之外，其他測驗的時間均以實際考試錄音時間為準。

（3）閱讀及聽力測驗採四選一單選題，並採答錯倒扣 1/3 題分的計分方式。

（4）測驗日期及節次若有變更，以網站（http://ctlt.twl.ncku.edu.tw/gtpt）公布為準。

（5）全民台語認證當天如遇颱風警報，若有任一考區所在縣市，在行政院人事行政總處公布不上班或不上課名單中，則所有考區全民台語認證日期順延一週或另行公布考試日期，請隨時注意全民台語認證網站發布之消息。

【專業版】考試時間表

節次	考試科目／考試題型	分數配分	考試時間	答案卷類別
第1節 9：10～10：20	**閱讀測驗** (a)詞彙及語法測驗 (b)閱讀理解	180	70分鐘	2B劃卡
第2節 10：50～11：40	**聽力測驗** (a)對話選擇題 (b)演說選擇題	120	約40分鐘	2B劃卡
	填寫考生問卷		約10分鐘	2B劃卡& 紙筆
第3節 第1梯次 13：00～13：50	**聽寫測驗**	80	約20分鐘	紙筆
	口語測驗 (a)看圖講古 (b)朗讀測驗 (c)口語表達	120	約20分鐘	數位錄音
	填寫考生問卷		約10分鐘	2B劃卡& 紙筆
第3節 第2梯次 14：20～15：10	**聽寫測驗**	80	約20分鐘	紙筆
	口語測驗 (a)看圖講古 (b)朗讀測驗 (c)口語表達	120	約20分鐘	數位錄音
	填寫考生問卷		約10分鐘	2B劃卡& 紙筆

第3節 第3梯次 15：40～16：30	聽寫測驗	80	約20分鐘	紙筆
	口語測驗 (a)看圖講古 (b)朗讀測驗 (c)口語表達	120	約20分鐘	數位錄音
	填寫考生問卷		約10分鐘	2B劃卡& 紙筆
第3節 第4梯次 17：00～17：50	聽寫測驗	80	約20分鐘	紙筆
	口語測驗 (a)看圖講古 (b)朗讀測驗 (c)口語表達	120	約20分鐘	數位錄音
	填寫考生問卷		約10分鐘	2B劃卡& 紙筆

（1）【專業版全套】成績總分 500 分。

（2）除第 1 節閱讀測驗為確切時間之外，其他測驗的時間均以實際考試錄音時間
　　 為準。

（3）閱讀及聽力測驗採四選一單選題，並採答錯倒扣 1/3 題分的計分方式。

（4）第 3 節聽寫及口語測驗須分梯次進行，口語測驗全程數位錄音。

（5）測驗日期及節次若有變更，以網站 http://ctlt.twl.ncku.edu.tw/gtpt 公布為準。

（6）全民台語認證當天如遇颱風警報，若有任一考區所在縣市，在行政院人事行
　　 政總處公布不上班或不上課名單中，則所有考區全民台語認證日期順延一週
　　 或另行公布考試日期，請隨時注意全民台語認證網站發布之消息。

考生成績總分與台語能力分級標準對照表

全民台語認證測驗採「分級但各級數一起考」的方式，考試類別有【體驗版】及【專業版】2 種。

台語能力級數係參考「歐洲理事會」（Council of Europe[1]）於 1996 年公布之語言能力分級（Common European Framework of Reference for Languages: Learning, teaching, assessment，簡稱 CEF）標準分為六級。本測驗之分級標準符合〈教育部臺灣閩南語語言能力認證作業要點〉（台語字第 0970174287C 號令修正發布）之標準。

（1）【體驗版】台語能力分級標準對照表

分級標準	考生成績總分*（成績滿分 300 分）	標準說明	成大建議
A 初級	72<總分≦129	能了解最切身相關領域的句子及常用辭(例如：非常基本的個人及家族資訊、購物、當地地理環境、和工作)。能在單純例行性任務上進行溝通，範圍僅限於熟悉例行性事務上的簡單、直接信息交換。能以簡單的詞彙敘述個人背景、周遭環境、及切身需求的事務等方面。	非台語族群，但擬定居於台灣者，應達此級數。
B 中級	129<總分≦243	針對一般職場、學校、休閒等場合常遇到的熟悉事物，能了解清晰且標準信息的重點。在目標語言地區旅遊時，能應付大部分可能會出現的狀況。針對熟悉或私人感興趣的主題，能創作簡單有連貫的篇章。能敘述經驗、事件、夢想、希望及抱負，而且對意見及計畫能簡短地提出理由和說明。	以台語為母語，但未受過讀、寫訓練者，應達此級數。

---

[1] Council of Europe 網址：http://www.coe.int。中文版請參閱莊永山 2007《歐洲共同語文參考架構》高雄：多媒體英語學會。

分級標準	考生成績總分* （成績滿分 300 分）	標準說明	成大建議
C 高級	243<總分≦300	能了解廣泛領域且高難度的長篇章，而且可以認出隱藏其中的意義。能流利自然地自我表達，而且不會太明顯地露出尋找措辭的樣子。針對社交、學術及專業的目的，能彈性且有效地運用語文工具。能針對複雜的主題創作清晰、良好結構、及詳細的篇章，呈現運用體裁、連接詞、和統整性構詞的能力。	擬從事台語專業工作、參與公職選舉、傳承台灣文化者，應達此級數。

*考試科目：（1）「閱讀測驗」，（2）「聽力測驗」。

*閱讀及聽力任 1 科不得缺考或零分。

（2）【專業版】台語能力分級標準對照表

分級標準	考生成績總分* （成績滿分 500 分）	CEF 標準說明	成大建議
A1 Breakthrough 基礎級	150<總分≦ 220	能了解並使用熟悉的日常用語和詞彙，滿足具體的需求。能介紹自己及他人，並能針對個人細節，例如住在哪裡、認識何人以及擁有什麼事物等問題作出問答。能在對方說話緩慢而且清晰，並隨時準備提供協助的前提下，作簡單的互動。	建議來台留學之外籍生（特別是在南台灣留學者）應達此級以應付生活之需要。
A2 Waystage 初級	220<總分≦290	能了解最切身相關領域的句子及常用辭(例如：非常基本的個人及家族資訊、購物、當地地理環境、和工作)。能在單純例行性任務上進行溝通，範圍僅限於熟悉例行性事務上的簡單、直接信息交換。能以簡單的詞彙敘述個人背景、周遭環境、及切身需求的事務等方面。	建議來台留學且就讀台文相關系所之外籍生應達此級以應付生活及學業之需要。

B1 Threshold 中級	290<總分≦340	針對一般職場、學校、休閒等場合常遇到的熟悉事物，能了解清晰且標準信息的重點。在目標語言地區旅遊時，能應付大部分可能會出現的狀況。針對熟悉或私人感興趣的主題，能創作簡單有連貫的篇章。能敘述經驗、事件、夢想、希望及抱負，而且對意見及計畫能簡短地提出理由和說明。	以台語為母語，但未受過讀、寫訓練者，應達此級數。
B2 Vantage 中高級	340<總分≦380	針對具體及抽象議題的複雜文字，能了解其重點，這些議題涵蓋個人專業領域的技術討論。能與母語人士經常作互動，有一定的流暢度，且不會讓任一方感到緊張。能針對相當多的主題，創作清晰詳細的篇章，並可針對各議題來解釋其觀點，並提出各種選擇的優缺點。	大學修過台語相關課程4學分或參加研習72小時以上者、國中小台語老師應達此級數。
C1 Effective Operational Proficiency 高級	380<總分≦430	能了解廣泛領域且高難度的長篇章，而且可以認出隱藏其中的意義。能流利自然地自我表達，而且不會太明顯地露出尋找措辭的樣子。針對社交、學術及專業的目的，能彈性且有效地運用語文工具。能針對複雜的主題創作清晰、良好結構、及詳細的篇章，呈現運用體裁、連接詞、和統整性構詞的能力。	台灣語文學系或台語文教學學程之畢業生應達此級數。
C2 Mastery 專業級	430<總分≦500	能輕鬆地了解幾乎所有聽到或讀到的信息。能將不同的口頭及書面信息作摘要，並可以連貫地重做論述及說明。甚至能於更複雜的情況下，非常流利又精準地暢所欲言，而且可以區別更細微的含意。	從事台語師資培訓之種子師資應達此級數。

*考試科目：（1）「閱讀測驗」，（2）「聽力測驗」，（3）「聽寫測驗」，（4）口語測驗。

*聽、說、讀、寫任1科不得缺考或零分。

全民台語認證準備 ê mê-kak

【閱讀測驗】

閱讀理解測驗主要是 beh 測考生是毋是 ē-tàng 理解用台語寫 ê 文章，毋是 beh 測考生 ê 知識，所以考試 ê 問題一定是 uì 文本當中 tō ē-sái 直接 chhōe tiòh 抑是推論出答案。

文本 ê 長短 kap 難度有關，一般 tek 來講，一般文章大約 300 字以內，khah 難 ê 題目大約 450 字以內。

讀文章用暗唸 ê，會當增加印象。閱讀理解先看選項 chiah 看文章。文章看無 ê、làng--kòe，m̄-thang liáu 時間。Ná 答題 ná 劃卡，m̄-thang 最後 chiah 劃卡，按呢時間才 chún-chat。

答案卡限定用 2B 鉛筆做答，畫線 ài 粗、黑、清楚，m̄-thang thó 出去格仔外口，若是 beh 拭起來，ài 拭 hō 清氣，若是 siuⁿ 輕抑是拭無清氣，讀卡機器讀無，考生 ài 家己負責。

【聽力測驗】

聽力測驗 ê 題目攏放送 1 pái niâ，所以考生 ài 把握時間斟酌聽。考生 kan-ta 有 3 秒鐘 ê 時間 thang 思考做答，若是 bē-hiáu 寫，mài 一直 chhiân tī hia 想。

考試 ê 時有提供問題 kap 答案選項 ê 紙本 hō 考生參考，考生 ē-sái uì 問題 kap 答案選項來記重點。

Ē-sái khah chiàp 聽電台抑是電視 ê 台語新聞放送、節目、廣告放送、演講 chia--ê 會當訓練台語聽 ê 能力。

Ē-sái 看無全性質 ê 文章、評論抑是專欄。Khah 懸級 ê 語詞抑是專業用語 ài 先練習讀。

【語詞聽寫】

語詞聽寫測驗答題 ài 注意：每一个語詞會唸 3 遍，每 1 遍唸煞 lóng 有至少 3 秒鐘 ê 時間 thang 寫答案。Ài 按照伊所聽 tiòh ê 錄音信息 kā 語詞轉寫做白話字抑是台羅拼音（照考生報名 ê 時揀 ê 版本）。Ài 記得音節之間加 "-"。調符 ài 標 tī 元音頂面，表示 ài 清楚明確。熟似 ê 語詞一字一字讀，chiah 寫，無熟似 ê 語詞 tō ài 利用變調 ê 規則。先 kā 變調規則寫 tī 紙本空白 ê 所在。聲調無把握 ê 先放棄，繼續寫後一條。答案照順序直接寫 tī 答案紙，mài 想講路尾 chiah 閣 chhau 一遍。

【口語測驗】

口語測驗 koh 分做三部分：看圖講古、朗讀測驗 kap 口語表達。看圖講古上主要是 ài 講出圖內底有 ê 物件、人物 ê 動作，tō 是人、物、時間、地點 ài 表達清楚。羅馬字 ài 熟手朗讀測驗 ê 分數 chiah ē 懸。

口語表達 mā 算一種即時演講，按怎寫演講稿，就是 tī 準備 ê 1 分鐘內底 ài 做啥？用來：「思考 kap 書寫大綱」，ē-sái 分做 3 段：

起頭：先 kā 題目 koh 讀 1 pái，增加印象 khah bē 離題。說明題目有關 ê 背景資料，佔全篇分量 ê 20~30%。

內容：講出家己 ê 看法抑是理由，上好用條例式 ê。像講：代先（起先）、sòa--lȯh（接 sòa）、koh 來（繼續）、上尾（最後），這種條理分明 ê 方式。分量大概佔全篇 ê 50~70%。

結尾：就是結論，chhun 最後 20 秒 ê 時，會「tng、tng」2 聲 kā 咱提醒，也就是咱 ài 做結論 ê 時陣。Tī 第二段 ê 論述中，若是有得著結論，he 上好，直接講結論。若是 iáu 無法度理出一个結果，mā 是 ài 做結論，kā 第二段論述 ê 重點 koh 重複 1 pái tō ē-sái。講法是按呢：總講一句，我 ê 結論是…」分量差不多 10~20% tō 好。

I

台認證試題

（POJ／傳統版）

全民台語認證試題（POJ 版）

I. 閱讀測驗

（a）詞彙 kap 語法測驗（b）閱讀理解

本節測驗時間：70 分鐘。

配分：每題 3 分，攏總 180 分。

Tī 這个測驗內底，分做「詞彙 kap 語法測驗」、「閱讀理解」2 種題型，總共 60 條單選題。

「詞彙 kap 語法測驗」有 36 條單選題；「閱讀理解」有 8 篇文章，每 1 篇文章有 3 個問題，攏總 24 條單選題。

單選題 kan-na 有 1 个 khah 符合台語語法、語意 kap 語用 ê 上適當 ê 答案。請考生 kā 答案用 2B 鉛筆畫 tī 答案卡頂頭正確 ê 圓箍仔內底。Bē-sái tī 試題紙本頂懸做任何 ê 記號抑是筆記，若 beh 做筆記，請寫 tī 草稿紙頂面。

答 tiòh 1 條 tiòh 3 分，m̄-tiòh 1 條扣 1 分，無作答 ê 題目無著分嘛無扣分，若是 bē-hiáu ê 題目請 mài 作答。

Tâi-uân Gí-bûn Tshik-giām Tiong-sim
國立成功大學　台灣語文測驗中心
NCKU Center for Taiwanese Languages Testing

（a）詞彙 kap 語法測驗

1. 「食飯 ài＿＿＿菜，食 khah 會落嘛 khah 有營養。」請問空格仔內揀下面 tó 1 个上適當？
   （A）扒（B）抾（C）選（D）配

2. 「這 chām 仔景氣 bái，歹趁食，油價 koh 直直起，真濟人換騎『鐵馬』上班。」請問『鐵馬』這个詞 kap 下面 tó 1 个詞 ê 意思相全？
   （A）汽車（B）馬車（C）機車（D）跤踏車

3. 「阮小弟做代誌足 chhìn-chhái，我真正＿＿＿放心。」請問空格仔內揀 tó 1 个上適當？
   （A）bē（B）bô-ài（C）bián（D）mài

4. 請問，下面 tó 1 个選項真正是 leh 講人？
   （A）碗公（B）阿公（C）天公（D）雷公

5. 「高雄站＿＿＿beh 到 ah，到高雄 ê 旅客請準備落車。」請問空格仔內揀 tó 1 个上適當？
   （A）將（B）緊（C）soah（D）teh

6. 「阿美，kap 阿母來去外媽 in 兜。阿舅 kap＿＿＿in 翁仔某講足想你 ê。」請問空格仔內揀 tó 1 个上適當？
   （A）阿嫂（B）阿 ḿ（C）阿 kīm（D）阿嬸

7. 「阿峰 in 兜＿＿＿巷仔底 ê 尾仔第 3 間。」請問空格仔內揀 tó 1 个上適當？
   （A）kiā（B）chhāi（C）tòa（D）khǹg

8. 「阿華無學歷 koh 無手藝，做粗 ê，koh 嫌＿＿＿艱苦，莫怪一年換 24 个頭家。」請問空格仔內揀 tó 1 个上適當？
   （A）khang-chhùi（B）khang-khòe（C）kong-khò（D）kang-hu

9. 「阿生＿＿＿阿榮是全庄 ê，chit-má 鬥陣 tī 台南讀冊。」請問空格仔內揀 tó 1 个上*無*適當？
   （A）kap（B）tiāu（C）hām（D）chham

10. 「今仔日落 sap-sap-á 雨。」請問今仔日 ê 雨落偌大？
    （A）親像風颱雨（B）雷公 sih-nah（C）親像西北雨（D）雨 mî-á 大

11. 「你 beh 去 hit 間冊店，ùi chia 向北直直行，經過 3 个青紅燈 ê tò-pêng 第 3 間 tō 是 ah。」請問冊店 ê 店面可能向 tó 1 pêng？
    （A）東（B）西（C）南（D）北

全民台語認證試題（POJ 版）

12. 「俗語講：＿＿＿皇帝大，啥物 tāi-chì 攏先 khǹg 一邊。」請問空格仔內揀 tó 1 个上適當？

（A）歇睏（B）洗浴（C）食飯（D）chhit-thô

13. 「阿叔今仔 beh tńg--lâi，阿媽 eng-àm 這頓＿＿＿kah 真 phong-phài。」請問空格仔內揀 tó 1 个上適當？

（A）bé（B）chhoân（C）soán（D）chông

14. 「老師會對學生 chiah-nī 用心，攏是對 in ê 將來有真懸 ê ＿＿＿。」請問空格仔內揀 tó 1 个上適當？

（A）khan-kà（B）bián-lē（C）sêng-chiū（D）ǹg-bāng

15. 「這 chúi ê 稻仔稻穗 sôe-sôe-sôe。看起來真＿＿＿ ê 款。」請問空格仔內揀 tó 1 个上適當？

（A）chhơ-phoh（B）chiu-chì（C）sok-kiat（D）pá-tīⁿ

16. 「這 chūn 菜有 khah 俗 ah，m̄知會＿＿＿起價無？」請問空格仔內揀 tó 1 个上適當？

（A）再（B）khah（C）koh（D）有

17. 「你茄仔是 chham 啥落去煮？食起來 ná 會『keh-bī keh-bī』。」請問句內 ê『keh-bī』是啥物意思？

（A）無夠味（B）味 siuⁿ 重（C）真好味（D）毋著味

18. 「你 bē 博假博，＿＿＿ koh 興啼，歸身軀攏死了了，kan-na chhun 一支喙，實在 hō͘人足失望。」請問空格仔內揀 tó 1 个上適當？

（A）大目（B）大舌（C）大喙（D）大膽

19. 「Chit-má 會感覺頭 gông-gông，跤酸手軟，歸身軀攏無力，精神足 bái，有可能 ＿＿＿。」請問空格仔內揀 tó 1 个上適當？

（A）著 che（B）著驚（C）著猴（D）著 soa

20. 「阿成真 kut-la̍t，逐工攏天 tú ＿＿＿tō 出門去做工，到日頭暗 chiah tńg 去厝。」請問空格仔內揀 tó 1 个上適當？

（A）thiah-ha̍h（B）thiah-pe̍h（C）hî-tō-pe̍h（D）hî-lân-pe̍h

21. 「阿國仔真愛 kā 人創治，做人真白目 koh 手 chhèng，庄 nih ê 人攏講伊真＿＿＿。」請問空格仔內揀 tó 1 个上適當？

（A）ǹg-tǹg（B）chih-chuh（C）àng-tō（D）áng-láng

22.「阿火今年寒--人 beh 參加考試，這 chām 仔讀冊讀 kah 無時間＿＿＿ chhit-thô，實在真認真。」請問空格仔內揀 tó 1 个上適當？
（A）koh（B）kā（C）hō（D）thang

23.「你真正是 ＿＿＿，人講 beh 請你，是客氣 neh，你 soah 當做是真 ê。無食著，koh 喙翹鼻翹。」請問空格仔內揀 tó 1 个上適當？
（A）phùi-bīn（B）áu-bân（C）kāu-bīn-phôe（D）sioh-phôe

24.「明仔載是 12 月 24，ài 送灶王公，透早 tiȯh ài ＿＿＿。紅格桌仔 kah 逐 sì-kòe 緊拚拚 leh。」請問空格仔內揀 tó 1 个上適當？
（A）chhéng-thûn（B）chheng-lí（C）chhēng-chhah（D）chheng-kiat

25.「厝搬規工，＿＿＿。」請問下面 tó 1 个 **無** 符合台語 ê 白話講法？
（A）hō 我 thiám kah 話攏講 bē 出來（B）讓我 thiám kah 話講 bē 出來
（C）thiám kah 我話攏講 bē 出來（D）我 thiám kah 話攏講 bē 出來

26.「＿＿＿無運動 ê 人，bē 堪得 hiông-hiông giâ chiah 粗重。」請問空格仔內揀 tó 1 个上適當？
（A）永過（B）pō-pîn（C）pō-pō（D）永年

27.「這個囡仔足固執，講攏講 bē 聽，一定 ài 照伊 ê 意思做 chiah 會使，實在真＿＿＿。」請問空格仔內揀 tó 1 个上適當？
（A）ǹg-tǹg（B）àng-tō（C）sí-sng（D）n̂g-sng

28. 請問下面 tó 1 个語詞加「仔」liáu-āu 意思會改變上大？
（A）圓（B）雞（C）樹（D）桌

29.「這期 ê 學生比頂一期加真少。」請問 kap 下面 tó 1 句 ê 意思相全？
（A）這期 ê 學生有加淡薄仔（B）這期 ê 學生有減淡薄仔
（C）這期 ê 學生加足濟（D）這期 ê 學生減足濟

30.「實驗做了，用過 ê 物件、ke-si、電線、廢料，攏 ài khioh hō＿＿＿。」請問空格仔內揀 tó 1 个上適當？
（A）chȧt-chhiⁿ（B）pih-chah（C）siap-tiȧp（D）lȯh-láu

31.「＿＿＿ê 人，講話、做代誌攏 thiau 工 kap 人無全。」請問空格仔內揀 tó 1 个上適當？
（A）o·-hng（B）ǹg-tǹg（C）phok-kiat（D）kiȧt-á-ko

32.「做義工＿＿＿會當充實家己，＿＿＿會當幫贊別人。」請問空格仔內揀 tó 1 个上適當？
（A）毋若…一定（B）不但…甚至（C）不但…想閣（D）毋若…猶閣

33. 「潤餅 kauh」kap「蚵仔煎」ê 語詞結構相仝，請問下面 tó 1 个嘛有相仝 ê 結構？

（A）螺絲絞（B）雞卵糕（C）紅毛塗（D）排骨酥

34. 請問下面 tó 1 句 ê「見笑」會當改做「bē 見笑」？

（A）唉！實在是真見笑。（B）是按怎伊攏 m̄ 知見笑。

（C）見笑 kah，我 beh 緊來走。（D）這種見笑代就 mài koh 提起 ah。

35. 語意學中所謂「有標記」ê 詞，通常 bōe 使用 tī 一般自然話語內底。比論講，一般情形之下 beh 問人身材、體格 ê 時，咱會講：「你偌『懸』？體重偌『重』？」tō bōe 講：「你偌『矮』？體重偌『輕』？」所以，『懸』kap『重』是自然詞，『矮』kah『輕』是標記詞。請問 tú 熟似 ê 人 teh 開講 ê 時，下面 tó 1 个是自然詞 ê 表達方式？

（A）你 kám 離婚 ah？（B）你 kám 獨身 ah？

（C）你 kám 羅漢跤 ah？（D）你 kám 結婚 ah？

36. 請問下面 tó 1 句俗諺用 tī leh 形容：「急性 gâu 受氣 ê 人，若好好仔 kap 伊講道理，嘛是會 hông 講 tit。」ê 情境上適當？

（A）橫人理路直（B）紅面 ê 緊落籠

（C）臭 kê koh m̄ 除 ńg（D）尻川坐米甕，雙手抱錢筒

（b）閱讀理解

【第一篇】

Columbus tī 1492 年 8 月初 3 ùi 西班牙出發，仝年 10 月 12 到美洲 ê Bahamas 群島，1493 年 3 月 15 tńg 來西班牙。伊所寫 ê《航海日誌》，記錄每一工 tī 海上 tñg--tioh ê 情況 kap 新大陸所發現 ê 代誌。Columbus 首航艦隊由 3 隻帆船：Santa Clara、Santa Maria kap Pinta 所組成。

事實，美洲無需要任何人去發現。早 tō tī 冰河時期，海水面落降，Bering 海峽變成陸地，人類就已經 tùi 當時 ê 亞洲大陸行到美洲。幾千年來，tòa tī 美洲大陸 ê 印第安人 tī 中、南美洲已經建立某種規模 ê 社會。一般人所講 ê Columbus 發現新大陸，he 是 khiā tī 歐洲人 ê 角度 teh 講 ê。

Chit 幾年來，愈來愈濟 ê 考古發現，hō͘ 真濟人開始相信北歐 ê Vikings 族早 tō 發現美洲。甚至有人提出古早中國人鄭和 ê 船隊 tī 1421 年 tō 發現美洲大陸，親像 Gavin Menzies ê《1421：中國發現世界》這本冊，m̄-koh 猶是無法度證實。毋管按怎，歐洲人普遍認為 Columbus 是第一个發現美洲大陸 ê 人。

☺ 請根據頂面文章回答問題：

37. 請問下面 tó 1 个講法正確？
    （A）作者認為 Columbus 是第一个發現美洲 ê 人
    （B）Columbus tùi 西班牙出發會先經過 Bering 海峽 chiah 到美洲
    （C）鄭和 ê 船隊 bat 行到西班牙
    （D）考古 ê 證據講 Vikings 族真早就發現美洲

38. 請問下面 tó 1 个講法正確？
    （A）鄭和 ê 船隊上早發現美洲大陸
    （B）印第安人上早發現美洲大陸
    （C）Vikings 族上早移民美洲大陸
    （D）西班牙人上早移民美洲大陸

39. 請問 Columbus ùi 西班牙出發去美洲到 tńg--lâi 西班牙，量其約偌久 ê 時間？
    （A）6 個月
    （B）8 個月
    （C）10 個月
    （D）12 個月

【第二篇】

　　第二工透早，十月 ê 日頭出來進前，我已經起床，而且行過曠地 kap 樹林。十月 ê 透早 bē siuⁿ 冷嘛 bē siuⁿ 熱，日出 ê 景象是足壯觀 ê。Thàng 過一片白霧，日頭 tùi 朦霧 ê 山跤，沉重 giàh 起肩胛頭。Tī 伊 ê 目睭前，朦霧 tàuh-tàuh-á 沉落去 lak kàu 塗跤，sòa 落來化做一絲一絲消散去。Tī 草埔地、大石頭跤 ê 一寡仔所在 koh 有霧氣 teh 徘徊，m̄-koh 每一粒山 ê pān-thâu soah 一个一个走出來。

　　樹林仔一層接一層，若親像 moa tī tú-á hō 人叫醒 ê 山頭 ê 棕簑，hiah-nī 威嚴，予人想起狂風暴雨。秋天成熟 ê 手已經 teh 偷偷仔 kā in 摸 ah，in tòe 秋天報頭若到，變化做金黃、火紅 kap 青色。In 對日出 ê 喜樂，親像是 beh 奉獻 hō 一个新郎，koh khah 親像是 beh 奉獻 hō 一个尊者全款。

【譯自：Richard D. Blackmore〈An October Sunrise〉】

☺ 請根據頂面文章回答問題

40. 請問下面「」內 ê 名詞 tó 1 个是用譬喻 ê 手路？
　（A）In 對日出 ê 喜樂，親像是 beh 奉獻 hō 一个「新郎」
　（B）In tòe「秋天」ê 報到，變做金黃、火紅 kap 青色 ê
　（C）樹林一層接一層，若親像 thâu-tú-á hō 人叫醒 ê 山 ê「棕簑」
　（D）透過一片「白霧」，日頭 tùi 朦霧 ê 山跤，沉重 giàh 起肩胛頭

41. 根據本文，「Tī 伊 ê 目睭前，朦霧漸漸沉落去」文中 ê「伊」是指 siáng？
　（A）山
　（B）我
　（C）作者
　（D）日頭

42. 根據本文，「秋天成熟 ê 手已經 teh 偷偷仔 kā in 摸 ah」，文中 ê「in」是 teh 講啥物？
　（A）樹林
　（B）日頭
　（C）山頭
　（D）狂風暴雨

【第三篇】

　　阿火仔收批平安：

　　你 tùi 軍中寄來 ê 批有收著。你 teh 問阮阿義升學 ê 問題。我並 bē 煩惱，因為時代無仝 ah。古早人生活困苦，想起阿爸 khah 早 m̄ hō 查某 ê 去讀冊，kan-na ài 我鬥洗衫 chhōa 囡仔；我想 beh 讀冊無 thang 讀，攏嘛 āiⁿ 你去學校 ê 窗仔口偷偷仔聽人上課。M̄-koh chit-má 若有學一个專門技藝嘛是會有出脫。

　　雖然阿義伊無愛讀冊，m̄-koh 足 gâu 電腦繪圖，我 beh hō 伊去參加「國民中學技藝教育」。成績若 bē bái，後擺攏會使免考試，用甄選抑是保送 ê 方式分發去任何區域讀高中 o͘！

　　因為教育部推 sak 技藝教育 ê 目的，是 beh 擴大學生 tùi 未來有多元發展 ê 管道，吸引 koh khah 濟有職業意向 ê 學生來做伙參與。加強學生學習動機 kap 興趣，培養學生跨領域 ê 技能能力，增加學生 ê 學習成效 kap 提昇教學品質。

　　技藝教育 ê 科目真濟種，有工業類、商業類、農業類、家事類、海事水產類等逐種攏有規劃，主要是 beh 加強學生進入就業生涯前 ê 試探，培養學生自我意向觀察實際操作 ê 技巧等能力，幫贊學生 tī 未來生涯 ê 發展。俗語講「行行出狀元」，你講是 m̄是 leh。

☺ 請根據頂面文章回答問題

43. 根據本文，請問寫批 ê 人 kap 阿火仔上有可能是啥關係？
　　（A）爸仔囝
　　（B）母仔囝
　　（C）兄妹仔
　　（D）姊弟仔

44. 根據本文，關係技藝教育 ê 講法 tó 1 个選項正確？
　　（A）學習理論論述技巧 ê 能力
　　（B）Beh hō 學生有多元發展 ê 管道
　　（C）提昇任何地區大學分發 ê 機會
　　（D）若有考著牌，tio̍h 會當保送去讀高中

45. 根據本文，下面 tó 1 句俗語上符合這張批 ê 主要目的？
　　（A）一喙傳一舌
　　（B）一枝草一點露
　　（C）一年換 24 个頭家
　　（D）一人煩惱一項，無人煩惱相仝

【第四篇】

　　咱若到安平，會 tī 台灣上古早 ê 城仔壁頂懸，看著一个真明顯 ê 刀形記號，he 是一種建築 ê 工法所留落來 ê 歷史痕跡，叫做鐵鉸刀。

　　這是十七世紀 ê 時，ùi 歐洲傳來 ê，因為台灣不時有地動，地動 ê 時，為著 beh 防止厝頂 ê êⁿ-á 因為震動 chhoaⁿ-á lak 落來，tī 厝壁外口 ê 雙 pêng 邊仔拍入一尺長 ê 鐵釘仔，kā êⁿ-á 固定 tī 厝壁頂懸，按呢 ùi 厝 ê 正頂懸看落來，êⁿ-á kap 厝壁 tú-á 好變一个「H」形，然後 chiah koh tī 厝壁外口 ê 鐵釘仔目插入「S」形 ê 鐵仔，hō͘ 伊會當固定 tī 壁頂 bē lak 落來。

　　這个「S」形 ê 鐵仔有時陣會 kā 做成鉸刀形，有時陣嘛會做成羊角形，慢慢仔土水師傅為著欲講究家己手路 ê 奇巧，chiah koh 有其他 ê 變化。

　　這種建築 ê 工法佇歐洲四界攏會當看著，大部分攏是十字架 ê 造型，m̄-koh tī 台灣 kan-na 會當 tī 台南 kap 嘉義 ê 古建築 ê 壁頂看會著，特別是鄭氏王朝時代所留落來 ê 建築。

☺ 請根據頂面文章回答問題

46. 根據本文，「鐵鉸刀」ê 建築工法是啥物人傳過來 ê？
　（A）荷蘭人
　（B）清國人
　（C）日本人
　（D）大明人

47. 根據本文，「鐵鉸刀」是啥物物件？
　（A）鐵仔做 ê 鉸刀
　（B）黏 tī 厝壁頂懸 ê 鉸刀
　（C）插 tī 固定 êⁿ-á ê 鐵釘仔目 ê 鐵仔
　（D）Kā 鉸刀园 tī 厝壁頂懸 ê 一種建築工法

48. 根據本文，下面 tó 1 个選項是 tiȯh--ê？
　（A）「鐵鉸刀」是外來 ê 建築工法
　（B）「鐵鉸刀」kan-na 有鉸刀形 kap 羊角形
　（C）「鐵鉸刀」無啥物作用，主要是配景、妝 thāⁿ
　（D）台灣時常有地動，所以「鐵鉸刀」ê 建築工法四界攏看會著

【第五篇】

　　語言 ê 發展表現 tī 語言系統 ê 語音、詞彙、語法 kap 語義等方面。一般來講語言 ê 演變包括有「臨時性變化」kap「歷史演變」兩方面。語言 ê 臨時性變化顯示伊是社會各成員 put-sám-sî 攏 leh 使用 ê 複雜系統；伊是動態 ê、約定俗成 ê。人 leh 使用語言進行交際 ê 時陣，定定會表現出真濟個性化 ê 特點：全款 ê 語詞會因為無全 ê 使用者，抑是對象 kap 場合無全，產生出無全 ê 用法。Chia ê 變化是語言臨時性 ê 變化，in 定定會以孤立 ê 個別狀態呈現。

　　語言 ê 歷史演變是 leh 講 hō 歷史固定落來，已經變成歷史事實 ê 變化。以詞義 ê 變化來舉例：『小姐』上頭先代表 ê 意義是「對女性 ê 尊稱」，有正面意義。M̄-koh tī 一寡特定服務業內底，『小姐』是充滿情色 ê 暗示，「服務小姐」、『小姐』煞變成是一種「從事特殊服務 ê 女性」，轉變做對女性 ê 一種貶義詞。照這个例來看，若是按原本正面意義轉變成貶義詞，就是屬於歷史變化。

☺ 請根據頂面文章回答問題

49. 根據本文，請問下面 tó 1 項講法正確？
　（A）語言 ê 歷史演變就是講語詞成做固定 ê 歷史事實
　（B）語言 ê 發展，kan-na kap 語音、詞彙、語法以及語義相關
　（C）臨時性變化代表人 leh 使用語言 ê 時 bē 產生無意識 ê 約定俗成
　（D）人講出來 ê 語句雖然 sio-siâng，m̄-koh 所表現出來 ê，有個人 ê 獨特性

50. 根據本文，請問下面 tó 1 个對「小姐」這個詞 ê 講法正確？
　（A）「小姐」這个語詞 kan-na 屬於歷史變化
　（B）語詞「小姐」kan-na 歸屬 tī 臨時性變化
　（C）「小姐」這個語詞 ê 語意變化 m̄是孤立 ê 個別狀況
　（D）Tī 語言交際 ê 過程中，若用 tī 尊稱方面就是性暗示

51. 根據本文，請問下面 tó 1 項講法正確？
　（A）臨時性變化 kap 歷史性變化會當全時並存
　（B）語言 ê 交際進行過程中 kan-na 有孤立 ê 個別狀態
　（C）社會上只要是生物攏 ē-sái 透過語言系統互相了解
　（D）必須 ài 透過無全 ê 語句，chiah 會當表現出語言運作 ê 多變化

【第六篇】

　　最近網路 teh 流傳，發表「相對論」ê *Einstein*〈愛因斯坦〉bat 警告講：「蜜蜂若消失，咱人會 tī 4 冬內滅亡」。最近全球各地攏發生蜜蜂神祕消失 ê 現象，koh 加上全球糧食欠缺，這親像 teh 印證 *Einstein* 所預言 ê 人類危機。

　　根據研究，1 隻蜜蜂 1 工會當採 5000 蕊花，伊身軀頂會使 chah 萬外粒 ê 花粉，這款速度毋是咱人 ê 科技有才調比較 ê。咱人 ê 食物有 3 份 1 來自會開花 ê 植物，ah 這寡開花植物大約有 80% ài 蜜蜂 ê 授粉。M̄-nā 開花植物，koh 有真濟野生植物嘛需要蜜蜂 ê 授粉作用，chiah 會當維持生態平衡。

　　美國農業部指出，美國各地 ê 蜜蜂養殖業者所報告 ê，蜜蜂 hiông-hiông m̄ 知原因煞消失 ê 比例 ùi 30%到 90%。尼加拉瓜水 chhiâng 地區蜂農協會（*Niagara Beekeepers Association*）主席 *Dubanow* 表示，當地大約 80%至 90% ê 蜂農今年攏 tú 著歹年冬。伊 koh 講，因為蜜蜂自 2006 年起大量死亡 kap 消失，為著 thang kā 農作物授粉，ko͘-put-jî-chiong ùi *New Zealand* 進口女王蜂 thang 重建蜂岫，所以成本嘛增加。

☺ 請根據頂面文章回答問題

52. 根據本文，人類 ê 危機是啥？
　（A）全球暖化
　（B）物價起飛
　（C）生態無平衡
　（D）蜜蜂無法度授粉

53. 根據本文，關係蜜蜂 ê 講法，tó 1 个正確？
　（A）蜜蜂減少是因為糧食欠缺
　（B）有 3 份 1 ê 開花植物 ài 蜜蜂授粉
　（C）1 隻工蜂 1 冬會當採 5000 蕊花
　（D）若無蜜蜂，會造成農作物歹年冬

54. 根據本文，下面 tó 1 个選項 khah 有理路？
　（A）*Einstein* 是研究蜜蜂 ê 專家
　（B）美國 ê 女王蜂攏 ùi *New Zealand* 進口
　（C）美國各地蜜蜂消失 ê 比例 ùi 80%到 90%
　（D）科技化採蜜 ê 速度 tòe bē-tiòh 蜜蜂

【第七篇】

　　「圖形數學」內底所講 ê「相似形」，意思 tiòh 是照比例放大縮小，兩个圖會使相疊，無法度分別。親像圓箍仔，m̄ 管大細，攏是「相似形」，che 是因爲圓箍仔攏符合獨一 ê 一條規律，he 也就是圓箍仔 ê 外周圍 ê 長度，kap 直徑 ê 長度，有固定 ê 比率，這个比率 tō 是圓周率。外國人 1706 年開始用 phai（π）來做代表圓周率 ê 符號。Ah 若是像行星運動路線 ê 鴨卵圓就 m̄ 是按呢。

　　古早人 leh 算圓周率攏 liàh 差不多來準，有 5 千年前古埃及人 3.16 kap 巴比倫人 3.125，3 千年前古中國人用 3 等等。咱小學是用 3.14 來準，按呢大概 cheng-chha 萬分之五，ah 若是用 3.14159 來準，著 kan-na 有百萬分外 ê cheng-chha niâ。這个圓周率 phai（π），到底是偌濟？其實無人有法度講，chēng 咱會使用電子計算機，kā π ê 數字算到小數有一千六百萬个，按呢嘛 iah 無算是算了 ah。按呢，到底圓周率是 m̄ 是有固定確定 ê 數字咧？He 只是精密度 ê 問題 niâ。伊窮實就是一个「數學常數」，親像 1、0 按呢。這圓周率會使講是藏 tī 自然界 ê 一个祕密。Ah 三月十四 tú 好是偉大 ê 物理學家 *Einstein* ê 生日 neh。

☺ 請根據頂面文章回答問題：

55. 根據本文，tó 1 个選項正確？
　（A）鴨卵圓是圓箍仔 ê「相似形」
　（B）鴨卵圓 m̄ 管大細攏是「相似形」
　（C）圓箍仔圓周 kap 圓周率 ê 比例固定
　（D）圓箍仔直徑長度 kap 圓周長度比例固定

56. 根據本文，tó 1 个選項正確？
　（A）Chit-má 小學用 ê 圓周率數字上精密
　（B）Chit-má 小學用 ê 圓周率數字比古早人 cheng-chha khah 濟
　（C）無法度知影圓周率是 m̄ 是固定，只好用 phai（π）代表
　（D）無法度知影圓周率到底是偌濟，所以用 phai（π）代表

57. 根據本文，tó 1 个選項正確？
　（A）圓周率 ê 祕密 kan-na *Einstein* 知
　（B）以早無電子計算機，所以圓周率算 bē 出來
　（C）圓周率是數學常數，m̄-koh 咱永遠 m̄ 知伊偌濟
　（D）Chit-má 咱會使用電子計算機來正確算出圓周率 ê 數字

【第八篇】

「互文性」是 tī 西方結構主義 hām 後結構主義思想中產生 ê 一種文本 ê 理論，是由法國女性主義批評家、符號學家 *Julia Kristeva*（1941～）發明 ê。*Kristeva* 家己根據法語詞綴 kap 詞根 tàu--khí-lâi ê 新詞：*intertextoalité*，定義是：所有 ê 文本，攏是別个文本 ê 吸收 kap 變形，bōe 輸十花五色 ê「引用 ê mo-sa-ek」（*mosaïque*；嵌鑲圖）。所以「互文性」指 ê tióh 是某一个文本參其他文本 ê 互相作用，包含模仿、影響抑是引用等等 ê 關係。

Nā 照這个概念出發，任何一个文本絕對 bōe 是孤立存在 ê。產生 tī 過去 ê 文本，kap 現此時 tng-leh 創作 ê 文本，是會互相關聯 ê。可比講：假設有一本冊描述一个 tī 強權統治下劫富救貧、反抗威權 ê 人，按呢 ê 一个人物，tī 台灣 tióh 會 chiaⁿ 容易 hō͘ 人聯想 tióh 廖添丁，tī 西洋文學 tióh 會 hông 想 tióh *Robinhood*。這 tō 是新、舊文本產生「互文性」。咱 kā 過去閱聽 ê 經驗，紡織 tī 現此時新 ê 文本內，thang hō͘ 新 ê 故事產生新 ê 意涵。

對「互文性」ê 界定 chit-má 分 ėh 義 kap 闊義 2 種。Ėh 義 ê 定義認爲：「互文性」指一个文本 kap tī leh 這个文本內底 ê 其他文本之間 ê 關係。闊義 ê 定義認爲：「互文性」指任何文本 kap hō͘ 這个文本具有意義 ê 知識、符碼 kap 表意實踐 ê 總合關係；chia ê 知識、代碼 kap 表意實踐形成一个潛力無限 ê 網路。

☺ 請根據頂面文章回答問題

58. 爲啥物 *Kristeva* 認爲所有 ê 文本 bōe 輸 hoe-pa-lí-niau ê「引用 ê mo-sa-ek」？
    （A）因爲 *Mosaïque* 是第一个發明文本互相引用 ê 人
    （B）因爲符號學使用 *mosaïque* 這个詞來形容結構主義所形容 ê 相互關係
    （C）因爲伊上早是一个創作 *mosaïque* ê 藝術家，受著這个藝術觀念影響 chiaⁿ 深
    （D）因爲所有 ê 文本攏會引用、吸收別个文本 ê 元素，koh kā 伊變形，親像剪黏拼貼 ê 技術

59. 以下 tó 1 項講法正確？

（A）新意涵 ê 產生完全 óa-khò 新文本 ê 創造

（B）產生 tī 過去台灣文學 ê 文本，kap 現此時 tng leh 創作台灣文學 ê 文本，會互相關聯

（C）根據本文，互文性 ê 詮釋完全 ùi 作者 ê 知識、文化背景來 ê，伊 ê 角色只是親像剪黏師傅 niā-niā

（D）一个文本雖然引用別人 ê 話，嘛無一定有互文關係。顛倒是無應該引用 ê 時陣引用，chiah 會產生互文性關聯

60. 根據本文，以下 tó 1 个講法是**錯誤** ê？

（A）*Kristeva* 所講 ê 屬於廣義 ê 互文性

（B）音樂家根據文學作品抑是神話傳說所譜寫 ê 樂曲，嘛會使是互文性研究 ê 對象

（C）Ėh 義 ê 互文性所指 ê 是：某一个文本透過記憶、重復、修正等等 ê 方式，對其他文本產生 ê 影響

（D）報紙標題講一个人是「現代塗炭仔」，指 ê 可能是一个平凡普通 ê 查某囡仔，變做 koh súi koh 出名 ê 故事

II. 聽力測驗

（a）對話選擇題（b）演說選擇題

本節測驗時間：量其約 40 分鐘，以實際錄音時間為準。

配分：每題 3 分，攏總 120 分。

  Tī 這个測驗內面咱有分做「對話」kap「演說」2 種題型，攏總 40 條選擇題。第 1 條到第 24 條是「對話選擇題」，第 25 條到第 40 條是「演說選擇題」，請照順序回答。

  考生會當參考「問題 kap 答案選項 ê 紙本」，kā 答案用 2B 鉛筆畫 tī 答案卡頂頭正確 ê 圓箍仔內底。Bē-sái tī 試題紙本頂懸做任何 ê 記號抑是筆記，若 beh 做筆記，請寫 tī 草稿紙頂面。

  答 tiȯh 1 條 tiȯh 3 分，m̄-tiȯh 1 條扣 1 分，無作答 ê 題目無 tiȯh 分嘛無扣分，若是 bē-hiáu ê 題目請 mài 作答。

Tâi-uân Gí-bûn Tshik-giām Tiong-sim
國立成功大學 台灣語文測驗中心
NCKU Center for Taiwanese Languages Testing

（a）對話選擇題

【對話第一段】

問題第 1 條：根據對話，請問 in sòa--lòh 上可能 beh 做啥？

　（A）煮飯

　（B）食飯

　（C）洗碗

　（D）khoán 桌頂

【對話第二段】

問題第 2 條：根據對話，請問阿寶上有可能 beh 食 tó 1 項？

　（A）水餃

　（B）肉粽

　（C）包仔

　（D）pháng

【對話第三段】

問題第 3 條：根據對話，請問 beh 交班費，猶欠偌濟錢？

　（A）40 kho͘

　（B）50 kho͘

　（C）60 kho͘

　（D）100 kho͘

【對話第四段】

問題第 4 條：根據對話，請問 in 想 beh 包偌濟錢？

　（A）1,800

　（B）2,000

　（C）2,200

　（D）3,000

全民台語認證試題（POJ 版）

【對話第五段】

問題第 5 條：請問對話中阿芬 ài 叫查埔 ê 啥物？

　　（A）阿兄

　　（B）阿叔

　　（C）阿舅

　　（D）姨丈

【對話第六段】

問題第 6 條：請問這段對話上有可能 tī 啥物時陣出現？

　　（A）過年

　　（B）結婚

　　（C）做生日

　　（D）做滿月

【對話第七段】

問題第 7 條：根據對話，請問下面 tó 1 項***無***正確？

　　（A）工頭嫌工人無夠巧

　　（B）第一个人是工頭也是頭家

　　（C）對話有可能出現 tī 病院探訪 ê 時陣

　　（D）第二个人因為做 khang-khòe 受傷

【對話第八段】

問題第 8 條：根據對話，下面 tó 1 个講法正確？

　　（A）罐仔水是衛生環保 ê 產物

　　（B）罐仔水 kiông beh 比汽油 khah 貴

　　（C）做一个文明人 ài 加消費碳酸產品

　　（D）澳洲是世界第一个賣罐仔水 ê 國家

問題第 9 條：根據對話，下面 tó 1 个選項 khah 適當？

　　（A）秀枝仔 beh kā 人討滾水 lim

　　（B）進財仔比秀枝仔 khah 有環保意識

　　（C）秀枝仔 khah ài 人 lim 罐裝 ê 冷滾水

　　（D）進財仔 khah ài 人 lim 茶 kó͘ ê 冷滾水

問題第 10 條：根據對話，下面 tó 1 个描述 khah **無**理路？

　（A）茶 kó͘ ê 滾水比罐仔水 khah 好 lim

　（B）Chau-that 地球是罐仔水另外一个特點

　（C）罐仔水比茶 kó͘ ê 滾水 khah phah-sńg 能源

　（D）做一个標準 ê 地球人，代先 ài 會曉保護生態

【對話第九段】

問題第 11 條：請問這段對話上有可能 tī 啥物所在出現？

　（A）樹仔跤

　（B）籃球場

　（C）圖書館

　（D）運動埕

【對話第十段】

問題第 12 條：根據對話，下面 tó 1 項正確？

　（A）查某 ê m̄-bat 去過建國國小

　（B）In 講話 ê 所在 tī 建國國小內底

　（C）建國國小 tī 大路邊，真好揣

　（D）建國國小大門 kap 一條巷仔正沖

【對話第十一段】

問題第 13 條：根據對話，請問 in 上有可能是做啥物行業？

　（A）做田 ê

　（B）養殖 ê

　（C）絞米 ê

　（D）bāu 果子 ê

【對話第十二段】

問題第 14 條：根據對話，五種語言危機 ê 定義，下面 tó 1 个講法
　正確？

　（A）「無安全」這級是講：囡仔 ê 族語講 bē 標準

　（B）「明顯危機」這級是講：囡仔 bē 曉講嘛聽無這種語言

　（C）「極度危機」這級是講：阿公阿媽這个世代嘛少 teh 用這種語言對話

　（D）「嚴重危機」這級是講：kan-na 阿公阿媽這个世代講這種語言，父母
　　　世代聽有 bē 曉講

全民台語認證試題（POJ 版）

問題第 15 條：根據對話，阿娟認爲台語應該列入去 tó 1 級？
（A）無安全
（B）明顯危機
（C）嚴重危機
（D）極度危機

問題第 16 條：根據對話，in 上有可能 ùi 啥物所在得著「聯合國教科文組織」發佈 ê 消息？
（A）報紙
（B）電視
（C）網路
（D）雜誌

【對話第十三段】

問題第 17 條：根據對話，請問阿國 kap 阿華是啥物關係？
（A）同事
（B）同學
（C）同行
（D）同鄉

【對話第十四段】

問題第 18 條：請問對話中第一个人 ê 囡仔發生啥物代誌？
（A）hō͘ 人驚著
（B）ham-bān 認人
（C）第二个人 bōe 記 lih in ê 名
（D）Bōe-hiáu beh 稱呼序大人 ê 朋友

【對話第十五段】

問題第 19 條：根據對話，請問阿母叫囡仔去睏 hit 間房間，窗仔面向 tó 1 pêng？
（A）東
（B）西
（C）南
（D）北

全民台語認證試題（POJ 版）

【對話第十六段】

問題第 20 條：根據對話，下面 tó 1 个講法正確？

    （A）阿清 in 阿母過身 ah

    （B）阿純 in 阿母過身 ah

    （C）阿清 in 阿爸百歲年老 ah

    （D）阿純 in 阿爸百歲年老 ah

問題第 21 條：根據對話，下面 tó 1 个選項上有可能？

    （A）正仔 in 爸仔過往去

    （B）正仔 in 母仔過往去

    （C）正仔 in chău-á 人過往去

    （D）正仔 in 丈人爸仔過往去

問題第 22 條：根據對話，下面 tó 1 个描述正確？

    （A）正仔 kap 後生 kā in 無熟似 ê 老大人跪

    （B）阿清有看著死者 ê 新婦哭 kah 暈暈死死去

    （C）阿純有看著死者 ê 查某囝哭 kah 暈暈死死去

    （D）有人看著哭 kah 真大聲，無流半滴目屎 ê chău-á 人

【對話第十七段】

問題第 23 條：根據對話，請問：人客問 ê hit 隻鴨 gōa 濟？

    （A）25 kho͘

    （B）1 百 50 kho͘

    （C）5 百 50 kho͘

    （D）2 百 50 kho͘

【對話第十八段】

問題第 24 條：根據對話，阿英仔認為「君子」是指啥物款人？

    （A）查某人

    （B）查埔人

    （C）有氣質 ê 人

    （D）有地位 ê 人

（b）演說選擇題

【演說第一篇】

問題第 25 條：請問頂面這段演說，上有可能 tī 啥物場合出現？
（A）學校上自然課
（B）村里放送新聞
（C）廣播電台報氣象
（D）電視台報氣象

問題第 26 條：根據演說，請問這个風颱有可能 ùi tó-ūi 登陸台灣？
（A）恆春
（B）台中
（C）台東
（D）菲律賓

問題第 27 條：根據演說，請問講這段話 ê 時間上有可能幾點？
（A）下晡 2 點
（B）下晡 4 點
（C）暗頭仔 6 點
（D）暗時 10 點

問題第 28 條：根據演說，請問講話 ê 特別提醒蹛 tī 啥物所在 ê 人 ài 嚴防戒備？
（A）山跤
（B）土城
（C）恆春
（D）台東

【演說第二篇】

問題第 29 條：根據演說，對「語言 ê 實際使用」ê 論述，下面 tó 1
個選項是 tiȯh--ê？
（A）專門研究語言系統 ê 結構
（B）是傳統語言學 leh 研究 ê 課題
（C）kap 研究語言使用 ê 情境有關係
（D）專門研究單詞 kap 單詞 ê 組合規則

問題第 30 條：根據演說，「語言情境」是一種：
（A）符號系統
（B）語法 ê 知識
（C）組合語句 ê 能力
（D）理解句意 ê 因素

問題第 31 條：根據演說，tī 對話進行 ê 過程當中 koh 需要具備交
際能力，是 teh 講 tó 1 項？
（A）適當 ê 言語行為
（B）解釋語詞意義 ê 能力
（C）會曉比手勢
（D）清楚表達語音正確性 ê 能力

問題第 32 條：根據演說，下面 tó 1 個選項是 **無**正確 ê？
（A）交際能力是指正確 ê 語言能力
（B）非語言性 ê 符號嘛是溝通方式
（C）文化 hām 歷史 ê 因素 kap 溝通 ê 理解有關係
（D）無全「語碼」ê 使用是因為受著社會因素影響

全民台語認證試題（POJ 版）

【演說第三篇】

問題第 33 條：根據演說，請問尪仔標 ê 文 ī 會當分做幾種？

　　（A）2 種

　　（B）3 種

　　（C）4 種

　　（D）5 種

問題第 34 條：根據演說，有關尪仔標 ê ī 法，下面 tó 1 種 khah 緊輸贏、省 khùi-la̍t？

　　（A）比懸低

　　（B）牽銅錢仔

　　（C）siàn péng 過 ê

　　（D）tha̍h 規 tha̍h 揣王

問題第 35 條：根據演說，下面 tó 1 个 ***毋是*** 老母 gia̍h 篏仔揣囡仔 beh tńg 去厝 nih 做 ê 代誌？

　　（A）洗碗

　　（B）食飯

　　（C）寫字

　　（D）洗身軀

問題第 36 條：根據演說，有關尪仔標 ê 描述，下面 tó 1 个選項正確？

　　（A）是逐个人細漢時共同 ê kì-tî

　　（B）siàn péng 過 ê，sńg 法省錢、省 khùi-la̍t

　　（C）會使 tī 桌頂 sńg，koh 會使 khû tī 土跤 sńg

　　（D）ī 法真濟，有揣王 ê、siàn péng 過 ê、比懸低 ê、抽 khau 仔 ê

【演說第四篇】

問題第 37 條：根據演說，有關「雞爪 siáu」ê 講法下面 tó 1 个選項正確？
（A）雞爪 siáu 會引起呼吸道 ê 病變
（B）雞爪 siáu 是一種急性 ê 傳染病
（C）雞爪 siáu 並 m̄ 是懸度傳染性 ê 病
（D）雞爪 siáu 會造成病人皮膚痛疼 kap 跤手變形

問題第 38 條：根據演說，針對「台灣省立樂生療養院」ê 論述，下面 tó 1 个選項 ê 講法正確？
（A）Bat kaⁿ 禁過雞爪 siáu 患者
（B）是國民政府來台了後所創立 ê
（C）Bat hō 聯合國列做世界遺產來保護
（D）因為起捷運 ê 關係全院 hông 強制拆除

問題第 39 條：根據演說，針對「雞爪 siáu 患者」ê 講法，下面 tó 1 个選項無正確？
（A）到 taⁿ 猶是 hông 看無 ba̍k-tē
（B）大多數 ê 病人攏因為空氣 òe 病 ê
（C）現此時行動已經自由並無受著限制
（D）Tī 早前，日本政府 kap 國民政府攏 kā in kaⁿ 禁 koh 禁止結婚

問題第 40 條：根據演說，下面 tó 1 項講法正確？
（A）Thái-ko-pīⁿ koh hō 日本人叫做雞爪 siáu
（B）新樓病院 kap「台灣省立樂生療養院」無直接關係
（C）Tī 西方治療雞爪 siáu ê 所在 koh 叫做「樂生療養院」
（D）雞爪 siáu 是挪威醫生 tī 日本所發現 ê 一種會 òe--lâng ê 病

全民台語認證試題（POJ 版）

Ⅲ．口語測驗

（a）看圖講古（b）朗讀測驗（c）口語表達

本節測驗時間：量其約 20 分鐘

配分：每題 20 分，攏總 120 分

請注意聽錄音說明，按照指示回答。錄音機 m̄ 免家己操作，除了耳機、mài-khuh 以外，其他設備請 mài tín 動。

◎監考人員宣布測驗開始了後，chiah 會當掀開試題◎

Tâi-uân Gí-bûn Tshik-giām Tiong-sim
國立成功大學 台灣語文測驗中心
NCKU Center for Taiwanese Languages Testing

（a）看圖講古

攏總 2 條，每 1 條準備 ê 時間 30 秒，講 ê 時間 1 分鐘。

【第 1 條】

全民台語認證試題（POJ 版）

【第 2 條】

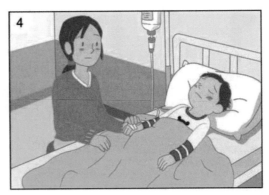

全民台語認證試題（POJ 版）

（b）朗讀測驗

攏總 2 篇，每 1 篇準備 ê 時間 30 秒，朗讀 ê 時間 2 分鐘。

【第 1 篇】

Tī 台灣 ê 諺語內底，有 bē 少 kap 動物有關係 ê，下面咱 tō 照十二生 siùⁿ ê 順序來舉例：親像「飼 niáu 鼠咬布袋」、「chheⁿ-mê 貓 tú-tio̍h 死 niáu 鼠」、「牛 tiâu 內 tak 牛母」、「甘願做牛毋驚無犁 thang 拖」、「入虎口，無死嘛 o͘-áu」、「虎 過 chiah 放 chhèng」、「拍虎掠賊親兄弟」、「兔仔望月」、「兔角龜毛」、「龍交 龍，鳳交鳳，ún-ku--ê 交 tòng-gōng」、「龍頭蛇尾」、「蛇 khang thàng niáu 鼠 siū」、 「死蛇活尾溜」、「惡馬惡人騎，胭脂馬 tú-tio̍h 關老爺」、「khiā 懸山看馬 sio 踢」、「lám-lám 馬嘛有一步踢」、「羊仔笑牛無鬚」、「猴跤猴手」、「無 khang koh 欲激猴 kui」、「雞仔腸，鳥仔肚」、「siáu 貪 nǹg 雞 lang」、「im-thim 狗，咬人攏 bē háu」、「放屁安狗心」、「死豬 tìn 砧」、「豬頭皮 chòaⁿ 無油」等等，你看台 灣諺語是毋是 chiâⁿ 心適 leh？

【第 2 篇】

Tī 我 ê 辭典內底，「前衛」這个詞並無未來性，只是一種 ê 分類法。因爲若是「個人」，永遠 ài 有社會眾人 ê 存在來對映，只要時間永遠是相對 ê 寸尺單位，前衛 iáh 無前衛，對身爲一个創作者 ê 我來講，並無啥物意義。當然，舊 àu 舊臭 ê 審美觀念，絕對毋是我創作 ê 原則；我嘛希望聽、看、鼻、摸著我 ê 作品 ê 人，ē-sái 暫時開放 in ê 五感 kap 頭殼。

講著傳統對藝術美感 ê 觀點，一向認爲藝術作品攏是 óa 附 tī 主觀 ê 對待、解說；而且所謂藝術美感，tiòh ài 順應主體 ê 美感經驗，要求藝術必須 ài 是純粹「感性想像」kap「存在現象」ê 妥協，忠實複製傳統價值、思維模式 kap 社會體制。按呢，藝術作品所代表 ê「客體」ê 自治性語言 ê 追求煞來失去，形成美學思維 ê 危機。

（c）口語表達

攏總 2 條，每 1 條準備 ê 時間 1 分鐘，回答 ê 時間 2 分鐘。

【第 1 條】

就你所知 ê，有啥物行業需要會曉台語 ê 人才？理由是啥物？

【第 2 條】

　　一般研究認爲公共藝術 ài 具備永久性、專業性、提倡民眾參與、配合當地 ê 人文、歷史 kap 社會活動等特性。請紹介一个你所知影 ê 公共藝術作品。

II

台語認證試題
（TL／台羅版）

I. 閱讀測驗

（a）詞彙 kap 語法測驗（b）閱讀理解

本節測驗時間：70 分鐘。

配分：每題 3 分，攏總 180 分。

Tī 這個測驗內底，分做「詞彙 kap 語法測驗」、「閱讀理解」2 種題型，總共 60 條單選題。

「詞彙 kap 語法測驗」有 36 條單選題；「閱讀理解」有 8 篇文章，每 1 篇文章有 3 个問題，攏總 24 條單選題。

單選題 kan-na 有 1 个 khah 符合台語語法、語意 kap 語用 ê 上適當 ê 答案。請考生 kā 答案用 2B 鉛筆畫 tī 答案卡頂頭正確 ê 圓箍仔內底。Bē-sái tī 試題紙本頂懸做任何 ê 記號抑是筆記，若 beh 做筆記，請寫 tī 草稿紙頂面。

答 tiȯh 1 條 tiȯh 3 分，m̄-tiȯh 1 條扣 1 分，無作答 ê 題目無著分嘛無扣分，若是 bē-hiáu ê 題目請 mài 作答。

Tâi-uân Gí-bûn Tshik-giām Tiong-sim
國立成功大學 台灣語文測驗中心
NCKU Center for Taiwanese Languages Testing

全民台語認證試題（TL 版）

（a）詞彙 kap 語法測驗

1. 「食飯 ài＿＿＿菜，食 khah 會落嘛 khah 有營養。」請問空格仔內揀下面 tó 1 个上適當？
（A）扒（B）抾（C）選（D）配

2. 「這 tsām 仔景氣 bái，歹趁食，油價 koh 直直起，真濟人換騎『鐵馬』上班。」請問『鐵馬』這个詞 kap 下面 tó 1 个詞 ê 意思相仝？
（A）汽車（B）馬車（C）機車（D）跤踏車

3. 「阮小弟做代誌足 tshìn-tshái，我真正＿＿＿＿放心。」請問空格仔內揀 tó 1 个上適當？
（A）bē（B）bô-ài（C）bián（D）mài

4. 請問，下面 tó 1 个選項真正是 leh 講人？
（A）碗公（B）阿公（C）天公（D）雷公

5. 「高雄站＿＿＿beh 到 ah，到高雄 ê 旅客請準備落車。」請問空格仔內揀 tó 1 个上適當？
（A）將（B）緊（C）suah（D）teh

6. 「阿美，kap 阿母來去外媽 in 兜。阿舅 kap＿＿＿＿in 翁仔某講足想你 ê。」請問空格仔內揀 tó 1 个上適當？
（A）阿嫂（B）阿 ḿ（C）阿 kīm（D）阿嬸

7. 「阿峰 in 兜＿＿＿巷仔底 ê 尾仔第 3 間。」請問空格仔內揀 tó 1 个上適當？
（A）kiā（B）tshāi（C）tuà（D）khǹg

8. 「阿華無學歷 koh 無手藝，做粗 ê，koh 嫌＿＿＿艱苦，莫怪一年換 24 个頭家。」請問空格仔內揀 tó 1 个上適當？
（A）khang-tshuì（B）khang-khuè（C）kong-khò（D）kang-hu

9. 「阿生＿＿＿阿榮是全庄 ê，tsit-má 鬥陣 tī 台南讀冊。」請問空格仔內揀 tó 1 个上**無**適當？
（A）kap（B）tiāu（C）hām（D）tsham

10. 「今仔日落 sap-sap-á 雨。」請問今仔日 ê 雨落偌大？
（A）親像風颱雨（B）雷公 sih-nah（C）親像西北雨（D）雨 mî-á 大

11. 「你 beh 去 hit 間冊店，uì tsia 向北直直行，經過 3 个青紅燈 ê tò-pîng 第 3 間 tō 是 ah。」請問冊店 ê 店面可能向 tó 1 pîng？
（A）東（B）西（C）南（D）北

閱讀測驗　第 2 頁，共 14 頁

12. 「俗語講：＿＿＿皇帝大，啥物 tāi-tsì 攏先 khǹg 一邊。」請問空格仔內揀 tó 1 个上適當？

（A）歇睏（B）洗浴（C）食飯（D）tshit-thô

13. 「阿叔今仔 beh tńg--lâi，阿媽 ing-àm 這頓＿＿＿kah 真 phong-phài。」請問空格仔內揀 tó 1 个上適當？

（A）bé（B）tshuân（C）suán（D）tsông

14. 「老師會對學生 tsiah-nī 用心，攏是對 in ê 將來有真懸 ê ＿＿＿。」請問空格仔內揀 tó 1 个上適當？

（A）khan-kà（B）bián-lē（C）sîng-tsiū（D）ǹg-bāng

15. 「這 tsuí ê 稻仔稻穗 suê-suê-suê。看起來真＿＿＿ê 款。」請問空格仔內揀 tó 1 个上適當？

（A）tshoo-phoh（B）tsiu-tsì（C）sok-kiat（D）pá-tīnn

16. 「這 tsūn 菜有 khah 俗 ah，m̄ 知會＿＿＿起價無？」請問空格仔內揀 tó 1 个上適當？

（A）再（B）khah（C）koh（D）有

17. 「你茄仔是 tsham 啥落去煮？食起來 ná 會『kėh-bī kėh-bī』。」請問句內 ê『kėh-bī』是啥物意思？

（A）無夠味（B）味 siunn 重（C）真好味（D）毋著味

18. 「你 bē 博假博，＿＿＿koh 興啼，歸身軀攏死了了，kan-na tshun 一支喙，實在 hōo 人足失望。」請問空格仔內揀 tó 1 个上適當？

（A）大目（B）大舌（C）大喙（D）大膽

19. 「Tsit-má 會感覺頭 gông-gông，跤酸手軟，歸身軀攏無力，精神足 bái，有可能 ＿＿＿。」請問空格仔內揀 tó 1 个上適當？

（A）著 tse（B）著驚（C）著猴（D）著 sua

20. 「阿成真 kut-lȧt，逐工攏天 tú ＿＿＿tō 出門去做工，到日頭暗 tsiah tńg 去厝。」請問空格仔內揀 tó 1 个上適當？

（A）thiah-hȧh（B）thiah-pėh（C）hî-tōo-pėh（D）hî-lân-pėh

21. 「阿國仔真愛 kā 人創治，做人真白目 koh 手 tshìng，庄 nih ê 人攏講伊真 ＿＿＿。」請問空格仔內揀 tó 1 个上適當？

（A）ǹg-tǹg（B）tsih-tsuh（C）àng-tōo（D）áng-láng

全民台語認證試題（TL 版）

22. 「阿火今年寒--人 beh 參加考試，這 tsām 仔讀冊讀 kah 無時間 ＿＿＿ tshit-thô，實在真認真。」請問空格仔內揀 tó 1 个上適當？

（A）koh（B）kā（C）hōo（D）thang

23. 「你真正是 ＿＿＿，人講 beh 請你，是客氣 neh，你 suah 當做是真 ê。無食著，koh 喙翹鼻翹。」請問空格仔內揀 tó 1 个上適當？

（A）phuì-bīn（B）áu-bân（C）kāu-bīn-phuê（D）sioh-phuê

24. 「明仔載是 12 月 24，ài 送灶王公，透早 tiòh ài ＿＿＿。紅格桌仔 kah 逐 sì-kuè 緊抾抾 leh。」請問空格仔內揀 tó 1 个上適當？

（A）tshíng-thûn（B）tshing-lí（C）tshīng-tshah（D）tshing-kiat

25. 「厝搬規工，＿＿＿。」請問下面 tó 1 个 *無* 符合台語 ê 白話講法？

（A）hōo 我 thiám kah 話攏講 bē 出來（B）讓我 thiám kah 話講 bē 出來

（C）thiám kah 我話攏講 bē 出來（D）我 thiám kah 話攏講 bē 出來

26. 「＿＿＿無運動 ê 人，bē 堪得 hiông-hiông giâ tsiah 粗重。」請問空格仔內揀 tó 1 个上適當？

（A）永過（B）pōo-pîn（C）pōo-pōo（D）永年

27. 「這个囡仔足固執，講攏講 bē 聽，一定 ài 照伊 ê 意思做 tsiah 會使，實在真＿＿＿。」請問空格仔內揀 tó 1 个上適當？

（A）ǹg-tǹg（B）àng-tōo（C）sí-sng（D）ńg-sng

28. 請問下面 tó 1 个語詞加「仔」liáu-āu 意思會改變上大？

（A）圓（B）雞（C）樹（D）桌

29. 「這期 ê 學生比頂一期加真少。」請問 kap 下面 tó 1 句 ê 意思相仝？

（A）這期 ê 學生有加淡薄仔（B）這期 ê 學生有減淡薄仔

（C）這期 ê 學生加足濟（D）這期 ê 學生減足濟

30. 「實驗做了，用過 ê 物件、ke-si、電線、廢料，攏 ài khioh hōo＿＿＿。」請問空格仔內揀 tó 1 个上適當？

（A）tsát-tsinn（B）pih-tsah（C）siap-tiȧp（D）lȯh-láu

31. 「＿＿＿ ê 人，講話、做代誌攏 thiau 工 kap 人無仝。」請問空格仔內揀 tó 1 个上適當？

（A）oo-hng（B）ǹg-tǹg（C）phok-kiat（D）kiȧt-á-ko

32. 「做義工＿＿＿會當充實家己，＿＿＿會當幫贊別人。」請問空格仔內揀 tó 1 个上適當？

（A）毋若…一定（B）不但…甚至（C）不但…想閣（D）毋若…猶閣

全民台語認證試題（TL 版）

33. 「潤餅 kauh」kap「蚵仔煎」ê 語詞結構相全，請問下面 tó 1 个嘛有相全 ê 結構？

（A）螺絲絞（B）雞卵糕（C）紅毛塗（D）排骨酥

34. 請問下面 tó 1 句 ê「見笑」會當改做「bē 見笑」？

（A）唉！實在是真見笑。（B）是按怎伊攏 m̄ 知見笑。

（C）見笑 kah，我 beh 緊來走。（D）這種見笑代就 mài koh 提起 ah。

35. 語意學中所謂「有標記」ê 詞，通常 buē 使用 tī 一般自然話語內底。比論講，一般情形之下 beh 問人身材、體格 ê 時，咱會講：「你偌『懸』？體重偌『重』？」tō buē 講：「你偌『矮』？體重偌『輕』？」所以，『懸』kap『重』是自然詞，『矮』kah『輕』是標記詞。請問 tú 熟似 ê 人 teh 開講 ê 時，下面 tó 1 个是自然詞 ê 表達方式？

（A）你 kám 離婚 ah？（B）你 kám 獨身 ah？

（C）你 kám 羅漢跤 ah？（D）你 kám 結婚 ah？

36. 請問下面 tó 1 句俗諺用 tī leh 形容：「急性 gâu 受氣 ê 人，若好好仔 kap 伊講道理，嘛是會 hông 講 tit。」ê 情境上適當？

（A）橫人理路直（B）紅面 ê 緊落籠

（C）臭 kê koh m̄除 n̂g（D）尻川坐米甕，雙手抱錢筒

全民台語認證試題（TL 版）

（b）閱讀理解

【第一篇】

Columbus tī 1492 年 8 月初 3 uì 西班牙出發，仝年 10 月 12 到美洲 ê Bahamas 群島，1493 年 3 月 15 tńg 來西班牙。伊所寫 ê《航海日誌》，記錄每一工 tī 海上 tñg--tiòh ê 情況 kap 新大陸所發現 ê 代誌。Columbus 首航艦隊由 3 隻帆船：Santa Clara、Santa Maria kap Pinta 所組成。

事實，美洲無需要任何人去發現。早 tō tī 冰河時期，海水面落降，Bering 海峽變成陸地，人類就已經 tuì 當時 ê 亞洲大陸行到美洲。幾千年來，tuà tī 美洲大陸 ê 印第安人 tī 中、南美洲已經建立某種規模 ê 社會。一般人所講 ê Columbus 發現新大陸，he 是 khiā tī 歐洲人 ê 角度 teh 講 ê。

Tsit 幾年來，愈來愈濟 ê 考古發現，hōo 真濟人開始相信北歐 ê Vikings 族早 tō 發現美洲。甚至有人提出古早中國人鄭和 ê 船隊 tī 1421 年 tō 發現美洲大陸，親像 Gavin Menzies ê《1421：中國發現世界》這本冊，m̄-koh 猶是無法度證實。毋管按怎，歐洲人普遍認為 Columbus 是第一个發現美洲大陸 ê 人。

☺ 請根據頂面文章回答問題：

37. 請問下面 tó 1 个講法正確？
    （A）作者認為 Columbus 是第一个發現美洲 ê 人
    （B）Columbus tuì 西班牙出發會先經過 Bering 海峽 tsiah 到美洲
    （C）鄭和 ê 船隊 bat 行到西班牙
    （D）考古 ê 證據講 Vikings 族真早就發現美洲

38. 請問下面 tó 1 个講法正確？
    （A）鄭和 ê 船隊上早發現美洲大陸
    （B）印第安人上早發現美洲大陸
    （C）Vikings 族上早移民美洲大陸
    （D）西班牙人上早移民美洲大陸

39. 請問 Columbus uì 西班牙出發去美洲到 tńg--lâi 西班牙，量其約偌久 ê 時間？
    （A）6 個月
    （B）8 個月
    （C）10 個月
    （D）12 個月

全民台語認證試題（TL 版）

【第二篇】

　　第二工透早，十月 ê 日頭出來進前，我已經起床，而且行過曠地 kap 樹林。十月 ê 透早 bē siunn 冷嘛 bē siunn 熱，日出 ê 景象是足壯觀 ê。Thàng 過一片白霧，日頭 tuì 朦霧 ê 山跤，沉重 giảh 起肩胛頭。Tī 伊 ê 目睭前，朦霧 táuh-táuh-á 沉落去 lak kàu 塗跤，suà 落來化做一絲一絲消散去。Tī 草埔地、大石頭跤 ê 一寡仔所在 koh 有霧氣 teh 徘徊，m̄-koh 每一粒山 ê pān-thâu suah 一个一个走出來。

　　樹林仔一層接一層，若親像 mua tī tú-á hōo 人叫醒 ê 山頭 ê 棕簑，hiah-nī 威嚴，予人想起狂風暴雨。秋天成熟 ê 手已經 teh 偷偷仔 kā in 摸 ah，in tuè 秋天報頭若到，變化做金黃、火紅 kap 青色。In 對日出 ê 喜樂，親像是 beh 奉獻 hōo 一个新郎，koh khah 親像是 beh 奉獻 hōo 一个尊者全款。

【譯自：Richard D. Blackmore〈An October Sunrise〉】

☺ 請根據頂面文章回答問題

40. 請問下面「」內 ê 名詞 tó 1 个是用譬喻 ê 手路？
　（A）In 對日出 ê 喜樂，親像是 beh 奉獻 hōo 一个「新郎」
　（B）In tuè「秋天」ê 報到，變做金黃、火紅 kap 青色 ê
　（C）樹林一層接一層，若親像 thâu-tú-á hōo 人叫醒 ê 山 ê「棕簑」
　（D）透過一片「白霧」，日頭 tuì 朦霧 ê 山跤，沉重 giảh 起肩胛頭

41. 根據本文，「Tī 伊 ê 目睭前，朦霧漸漸沉落去」文中 ê「伊」是指 siáng？
　（A）山
　（B）我
　（C）作者
　（D）日頭

42. 根據本文，「秋天成熟 ê 手已經 teh 偷偷仔 kā in 摸 ah」，文中 ê「in」是 teh 講啥物？
　（A）樹林
　（B）日頭
　（C）山頭
　（D）狂風暴雨

【第三篇】

　　阿火仔收批平安：

　　你 tuì 軍中寄來 ê 批有收著。你 teh 問阮阿義升學 ê 問題。我並 bē 煩惱，因為時代無全 ah。古早人生活困苦，想起阿爸 khah 早 m̄ hōo 查某 ê 去讀冊，kan-na ài 我鬥洗衫 tshuā 囡仔；我想 beh 讀冊無 thang 讀，攏嘛 āinn 你去學校 ê 窗仔口偷偷仔聽人上課。M̄-koh tsit-má 若有學一个專門技藝嘛是會有出脫。

　　雖然阿義伊無愛讀冊，m̄-koh 足 gâu 電腦繪圖，我 beh hōo 伊去參加「國民中學技藝教育」。成績若 bē bái，後擺攏會使免考試，用甄選抑是保送 ê 方式分發去任何區域讀高中 oo！

　　因為教育部推 sak 技藝教育 ê 目的，是 beh 擴大學生 tuì 未來有多元發展 ê 管道，吸引 koh khah 濟有職業意向 ê 學生來做伙參與。加強學生學習動機 kap 興趣，培養學生跨領域 ê 技能能力，增加學生 ê 學習成效 kap 提昇教學品質。

　　技藝教育 ê 科目真濟種，有工業類、商業類、農業類、家事類、海事水產類等逐種攏有規劃，主要是 beh 加強學生進入就業生涯前 ê 試探，培養學生自我意向觀察實際操作 ê 技巧等能力，幫贊學生 tī 未來生涯 ê 發展。俗語講「行行出狀元」，你講是 m̄ 是 leh。

☺ 請根據頂面文章回答問題

43. 根據本文，請問寫批 ê 人 kap 阿火仔上有可能是啥關係？
　（A）爸仔囝
　（B）母仔囝
　（C）兄妹仔
　（D）姊弟仔

44. 根據本文，關係技藝教育 ê 講法 tó 1 个選項正確？
　（A）學習理論論述技巧 ê 能力
　（B）Beh hōo 學生有多元發展 ê 管道
　（C）提昇任何地區大學分發 ê 機會
　（D）若有考著牌，tio̍h 會當保送去讀高中

45. 根據本文，下面 tó 1 句俗語上符合這張批 ê 主要目的？
　（A）一喙傳一舌
　（B）一枝草一點露
　（C）一年換 24 个頭家
　（D）一人煩惱一項，無人煩惱相全

【第四篇】

　　咱若到安平，會 tī 台灣上古早 ê 城仔壁頂懸，看著一个真明顯 ê 刀形記號，he 是一種建築 ê 工法所留落來 ê 歷史痕跡，叫做鐵鉸刀。

　　這是十七世紀 ê 時，uì 歐洲傳來 ê，因為台灣不時有地動，地動 ê 時，為著 beh 防止厝頂 ê ênn-á 因為震動 tsuánn-á lak 落來，tī 厝壁外口 ê 雙 pîng 邊仔拍入一尺長 ê 鐵釘仔，kā ênn-á 固定 tī 厝壁頂懸，按呢 uì 厝 ê 正頂懸看落來，ênn-á kap 厝壁 tú-á 好變一个「H」形，然後 tsiah koh tī 厝壁外口 ê 鐵釘仔目插入「S」形 ê 鐵仔，hōo 伊會當固定 tī 壁頂 bē lak 落來。

　　這个「S」形 ê 鐵仔有時陣會 kā 做成鉸刀形，有時陣嘛會做成羊角形，慢慢仔土水師傅為著欲講究家己手路 ê 奇巧，tsiah koh 有其他 ê 變化。

　　這種建築 ê 工法佇歐洲四界攏會當看著，大部分攏是十字架 ê 造型，m̄-koh tī 台灣 kan-na 會當 tī 台南 kap 嘉義 ê 古建築 ê 壁頂看會著，特別是鄭氏王朝時代所留落來 ê 建築。

☺ 請根據頂面文章回答問題

46. 根據本文，「鐵鉸刀」ê 建築工法是啥物人傳過來 ê？
　　（A）荷蘭人
　　（B）清國人
　　（C）日本人
　　（D）大明人

47. 根據本文，「鐵鉸刀」是啥物物件？
　　（A）鐵仔做 ê 鉸刀
　　（B）黏 tī 厝壁頂懸 ê 鉸刀
　　（C）插 tī 固定 ênn-á ê 鐵釘仔目 ê 鐵仔
　　（D）Kā 鉸刀囥 tī 厝壁頂懸 ê 一種建築工法

48. 根據本文，下面 tó 1 个選項是 tio̍h--ê？
　　（A）「鐵鉸刀」是外來 ê 建築工法
　　（B）「鐵鉸刀」kan-na 有鉸刀形 kap 羊角形
　　（C）「鐵鉸刀」無啥物作用，主要是配景、妝 thānn
　　（D）台灣時常有地動，所以「鐵鉸刀」ê 建築工法四界攏看會著

【第五篇】

　　語言 ê 發展表現 tī 語言系統 ê 語音、詞彙、語法 kap 語義等方面。一般來講語言 ê 演變包括有「臨時性變化」kap「歷史演變」兩方面。語言 ê 臨時性變化顯示伊是社會各成員 put-sám-sî 攏 leh 使用 ê 複雜系統；伊是動態 ê、約定俗成 ê。人 leh 使用語言進行交際 ê 時陣，定定會表現出真濟個性化 ê 特點：全款 ê 語詞會因為無全 ê 使用者，抑是對象 kap 場合無全，產生出無全 ê 用法。Tsia ê 變化是語言臨時性 ê 變化，in 定定會以孤立 ê 個別狀態呈現。

　　語言 ê 歷史演變是 leh 講 hōo 歷史固定落來，已經變成歷史事實 ê 變化。以詞義 ê 變化來舉例：『小姐』上頭先代表 ê 意義是「對女性 ê 尊稱」，有正面意義。M̄-koh tī 一寡特定服務業內底，『小姐』是充滿情色 ê 暗示，「服務小姐」、『小姐』煞變成是一種「從事特殊服務 ê 女性」，轉變做對女性 ê 一種貶義詞。照這个例來看，若是按原本正面意義轉變成貶義詞，就是屬於歷史變化。

☺ 請根據頂面文章回答問題

49. 根據本文，請問下面 tó 1 項講法正確？
　（A）語言 ê 歷史演變就是講語詞成做固定 ê 歷史事實
　（B）語言 ê 發展，kan-na kap 語音、詞彙、語法以及語義相關
　（C）臨時性變化代表人 leh 使用語言 ê 時 bē 產生無意識 ê 約定俗成
　（D）人講出來 ê 語句雖然 sio-siâng，m̄-koh 所表現出來 ê，有個人 ê 獨特性

50. 根據本文，請問下面 tó 1 个對「小姐」這个詞 ê 講法正確？
　（A）「小姐」這个語詞 kan-na 屬於歷史變化
　（B）語詞「小姐」kan-na 歸屬 tī 臨時性變化
　（C）「小姐」這个語詞 ê 語意變化 m̄是孤立 ê 個別狀況
　（D）Tī 語言交際 ê 過程中，若用 tī 尊稱方面就是性暗示

51. 根據本文，請問下面 tó 1 項講法正確？
　（A）臨時性變化 kap 歷史性變化會當全時並存
　（B）語言 ê 交際進行過程中 kan-na 有孤立 ê 個別狀態
　（C）社會上只要是生物攏 ē-sái 透過語言系統互相了解
　（D）必須 ài 透過無全 ê 語句，tsiah 會當表現出語言運作 ê 多變化

【第六篇】

　　最近網路 teh 流傳，發表「相對論」ê *Einstein*〈愛因斯坦〉bat 警告講：「蜜蜂若消失，咱人會 tī 4 冬內滅亡」。最近全球各地攏發生蜜蜂神祕消失 ê 現象，koh 加上全球糧食欠缺，這親像 teh 印證 *Einstein* 所預言 ê 人類危機。

　　根據研究，1 隻蜜蜂 1 工會當採 5000 蕊花，伊身軀頂會使 tsah 萬外粒 ê 花粉，這款速度毋是咱人 ê 科技有才調比較 ê。咱人 ê 食物有 3 份 1 來自會開花 ê 植物，ah 這寡開花植物大約有 80% ài 蜜蜂 ê 授粉。Ḿ-nā 開花植物，koh 有真濟野生植物嘛需要蜜蜂 ê 授粉作用，tsiah 會當維持生態平衡。

　　美國農業部指出，美國各地 ê 蜜蜂養殖業者所報告 ê，蜜蜂 hiông-hiông m̄ 知原因煞消失 ê 比例 uì 30% 到 90%。尼加拉瓜水 tshiâng 地區蜂農協會（*Niagara Beekeepers Association*）主席 *Dubanow* 表示，當地大約 80% 至 90% ê 蜂農今年攏 tú 著歹年冬。伊 koh 講，因為蜜蜂自 2006 年起大量死亡 kap 消失，為著 thang kā 農作物授粉，koo-put-jî-tsiong uì *New Zealand* 進口女王蜂 thang 重建蜂岫，所以成本嘛增加。

☺ 請根據頂面文章回答問題

52. 根據本文，人類 ê 危機是啥？
　（A）全球暖化
　（B）物價起飛
　（C）生態無平衡
　（D）蜜蜂無法度授粉

53. 根據本文，關係蜜蜂 ê 講法，tó 1 个正確？
　（A）蜜蜂減少是因為糧食欠缺
　（B）有 3 份 1 ê 開花植物 ài 蜜蜂授粉
　（C）1 隻工蜂 1 冬會當採 5000 蕊花
　（D）若無蜜蜂，會造成農作物歹年冬

54. 根據本文，下面 tó 1 个選項 khah 有理路？
　（A）*Einstein* 是研究蜜蜂 ê 專家
　（B）美國 ê 女王蜂攏 uì *New Zealand* 進口
　（C）美國各地蜜蜂消失 ê 比例 uì 80% 到 90%
　（D）科技化採蜜 ê 速度 tuè bē-tiòh 蜜蜂

全民台語認證試題（TL 版）

【第七篇】

　　「圖形數學」內底所講 ê「相似形」，意思 tiòh 是照比例放大縮小，兩个圖會使相疊，無法度分別。親像圓箍仔，m̄ 管大細，攏是「相似形」，tse 是因爲圓箍仔攏符合獨一 ê 一條規律，he 也就是圓箍仔 ê 外周圍 ê 長度，kap 直徑 ê 長度，有固定 ê 比率，這个比率 tō 是圓周率。外國人 1706 年開始用 phai（π）來做代表圓周率 ê 符號。Ah 若是像行星運動路線 ê 鴨卵圓就 m̄ 是按呢。

　　古早人 leh 算圓周率攏 liàh 差不多來準，有 5 千年前古埃及人 3.16 kap 巴比倫人 3.125，3 千年前古中國人用 3 等等。咱小學是用 3.14 來準，按呢大概 tsing-tsha 萬分之五，ah 若是用 3.14159 來準，著 kan-na 有百萬分外 ê tsing-tsha niâ。這个圓周率 phai（π），到底是偌濟？其實無人有法度講，tsīng 咱會使用電子計算機，kā π ê 數字算到小數有一千六百萬个，按呢嘛 iah 無算是算了 ah。按呢，到底圓周率是 m̄ 是有固定確定 ê 數字咧？He 只是精密度 ê 問題 niâ。伊窮實就是一个「數學常數」，親像 1、0 按呢。這圓周率會使講是藏 tī 自然界 ê 一个祕密。Ah 三月十四 tú 好是偉大 ê 物理學家 *Einstein* ê 生日 neh。

☺ 請根據頂面文章回答問題：

55. 根據本文，tó 1 个選項正確？
　（A）鴨卵圓是圓箍仔 ê「相似形」
　（B）鴨卵圓 m̄ 管大細攏是「相似形」
　（C）圓箍仔圓周 kap 圓周率 ê 比例固定
　（D）圓箍仔直徑長度 kap 圓周長度比例固定

56. 根據本文，tó 1 个選項正確？
　（A）Tsit-má 小學用 ê 圓周率數字上精密
　（B）Tsit-má 小學用 ê 圓周率數字比古早人 tsing-tsha khah 濟
　（C）無法度知影圓周率是 m̄ 是固定，只好用 phai（π）代表
　（D）無法度知影圓周率到底是偌濟，所以用 phai（π）代表

57. 根據本文，tó 1 个選項正確？
　（A）圓周率 ê 祕密 kan-na *Einstein* 知
　（B）以早無電子計算機，所以圓周率算 bē 出來
　（C）圓周率是數學常數，m̄-koh 咱永遠 m̄ 知伊偌濟
　（D）Tsit-má 咱會使用電子計算機來正確算出圓周率 ê 數字

【第八篇】

　　「互文性」是 tī 西方結構主義 hām 後結構主義思想中產生 ê 一種文本 ê 理論，是由法國女性主義批評家、符號學家 *Julia Kristeva*（1941～）發明 ê。*Kristeva* 家己根據法語詞綴 kap 詞根 tàu--khí-lâi ê 新詞：*intertextualité*，定義是：所有 ê 文本，攏是別個文本 ê 吸收 kap 變形，buē 輸十花五色 ê「引用 ê mo-sa-ik」（*mosaïque*；嵌鑲圖）。所以「互文性」指 ê tiòh 是某一个文本參其他文本 ê 互相作用，包含模仿、影響抑是引用等等 ê 關係。

　　Nā 照這個概念出發，任何一个文本絕對 buē 是孤立存在 ê。產生 tī 過去 ê 文本，kap 現此時 tng-leh 創作 ê 文本，是會互相關聯 ê。可比講：假設有一本冊描述一个 tī 強權統治下劫富救貧、反抗威權 ê 人，按呢 ê 一个人物，tī 台灣 tiòh 會 tsiânn 容易 hōo 人聯想 tiòh 廖添丁，tī 西洋文學 tiòh 會 hông 想 tiòh *Robinhood*。這 tō 是新、舊文本產生「互文性」。咱 kā 過去閱聽 ê 經驗，紡織 tī 現此時新 ê 文本內，thang hōo 新 ê 故事產生新 ê 意涵。

　　對「互文性」ê 界定 tsit-má 分 èh 義 kap 闊義 2 種。Èh 義 ê 定義認為：「互文性」指一个文本 kap tī leh 這個文本內底 ê 其他文本之間 ê 關係。闊義 ê 定義認為：「互文性」指任何文本 kap hōo 這個文本具有意義 ê 知識、符碼 kap 表意實踐 ê 總合關係；tsia ê 知識、代碼 kap 表意實踐形成一个潛力無限 ê 網路。

☺ 請根據頂面文章回答問題

58. 為啥物 *Kristeva* 認為所有 ê 文本 buē 輸 hue-pa-lí-niau ê「引用 ê mo-sa-ik」？
　（A）因為 *Mosaïque* 是第一个發明文本互相引用 ê 人
　（B）因為符號學使用 *mosaïque* 這个詞來形容結構主義所形容 ê 相互關係
　（C）因為伊上早是一个創作 *mosaïque* ê 藝術家，受著這个藝術觀念影響 tsiânn 深
　（D）因為所有 ê 文本攏會引用、吸收別个文本 ê 元素，koh kā 伊變形，親像剪黏拼貼 ê 技術

全民台語認證試題（TL 版）

59. 以下 tó 1 項講法正確？

（A）新意涵 ê 產生完全 uá-khò 新文本 ê 創造

（B） 產生 tī 過去台灣文學 ê 文本，kap 現此時 tng leh 創作台灣文學 ê 文本，會互相關聯

（C）根據本文，互文性 ê 詮釋完全 uì 作者 ê 知識、文化背景來 ê，伊 ê 角色只是親像剪黏師傅 niā-niā

（D）一个文本雖然引用別人 ê 話，嘛無一定有互文關係。顛倒是無應該引用 ê 時陣引用，tsiah 會產生互文性關聯

60. 根據本文，以下 tó 1 个講法是***錯誤*** ê？

（A）*Kristeva* 所講 ê 屬於廣義 ê 互文性

（B）音樂家根據文學作品抑是神話傳說所譜寫 ê 樂曲，嘛會使是互文性研究 ê 對象

（C）Ėh 義 ê 互文性所指 ê 是：某一个文本透過記憶、重復、修正等等 ê 方式，對其他文本產生 ê 影響

（D）報紙標題講一个人是「現代塗炭仔」，指 ê 可能是一个平凡普通 ê 查某囡仔，變做 koh suí koh 出名 ê 故事

II. 聽力測驗

（a）對話選擇題（b）演說選擇題

本節測驗時間：量其約 40 分鐘，以實際錄音時間為準。

配分：每題 3 分，攏總 120 分。

　　Tī 這个測驗內面咱有分做「對話」kap「演說」2 種題型，攏總 40 條選擇題。第 1 條到第 24 條是「對話選擇題」，第 25 條到第 40 條是「演說選擇題」，請照順序回答。

　　考生會當參考「問題 kap 答案選項 ê 紙本」，kā 答案用 2B 鉛筆畫 tī 答案卡頂頭正確 ê 圓箍仔內底。Bē-sái tī 試題紙本頂懸做任何 ê 記號抑是筆記，若 beh 做筆記，請寫 tī 草稿紙頂面。

　　答 tiòh 1 條 tiòh 3 分，m̄-tiòh 1 條扣 1 分，無作答 ê 題目無 tiòh 分嘛無扣分，若是 bē-hiáu ê 題目請 mài 作答。

Tâi-uân Gí-bûn Tshik-giām Tiong-sim
國立成功大學 台灣語文測驗中心
NCKU Center for Taiwanese Languages Testing

全民台語認證試題（TL 版）

（a）對話選擇題

【對話第一段】

問題第 1 條：根據對話，請問 in suà--lòh 上可能 beh 做啥？
- （A）煮飯
- （B）食飯
- （C）洗碗
- （D）khuán 桌頂

【對話第二段】

問題第 2 條：根據對話，請問阿寶上有可能 beh 食 tó 1 項？
- （A）水餃
- （B）肉粽
- （C）包仔
- （D）pháng

【對話第三段】

問題第 3 條：根據對話，請問 beh 交班費，猶欠偌濟錢？
- （A）40 khoo
- （B）50 khoo
- （C）60 khoo
- （D）100 khoo

【對話第四段】

問題第 4 條：根據對話，請問 in 想 beh 包偌濟錢？
- （A）1,800
- （B）2,000
- （C）2,200
- （D）3,000

【對話第五段】

問題第 5 條：請問對話中阿芬 ài 叫查埔 ê 啥物？

（A）阿兄
（B）阿叔
（C）阿舅
（D）姨丈

【對話第六段】

問題第 6 條：請問這段對話上有可能 tī 啥物時陣出現？

（A）過年
（B）結婚
（C）做生日
（D）做滿月

【對話第七段】

問題第 7 條：根據對話，請問下面 tó 1 項*無*正確？

（A）工頭嫌工人無夠巧
（B）第一个人是工頭也是頭家
（C）對話有可能出現 tī 病院探訪 ê 時陣
（D）第二个人因為做 khang-khuè 受傷

【對話第八段】

問題第 8 條：根據對話，下面 tó 1 个講法正確？

（A）罐仔水是衛生環保 ê 產物
（B）罐仔水 kiông beh 比汽油 khah 貴
（C）做一个文明人 ài 加消費碳酸產品
（D）澳洲是世界第一个賣罐仔水 ê 國家

問題第 9 條：根據對話，下面 tó 1 个選項 khah 適當？

（A）秀枝仔 beh kā 人討滾水 lim
（B）進財仔比秀枝仔 khah 有環保意識
（C）秀枝仔 khah ài 人 lim 罐裝 ê 冷滾水
（D）進財仔 khah ài 人 lim 茶 kóo ê 冷滾水

全民台語認證試題（TL 版）

問題第 10 條：根據對話，下面 tó 1 个描述 khah **無**理路？
　（A）茶 kóo ê 滾水比罐仔水 khah 好 lim
　（B）Tsáu-that 地球是罐仔水另外一个特點
　（C）罐仔水比茶 kóo ê 滾水 khah phah-sńg 能源
　（D）做一个標準 ê 地球人，代先 ài 會曉保護生態

【對話第九段】

問題第 11 條：請問這段對話上有可能 tī 啥物所在出現？
　（A）樹仔跤
　（B）籃球場
　（C）圖書館
　（D）運動埕

【對話第十段】

問題第 12 條：根據對話，下面 tó 1 項正確？
　（A）查某 ê m̄-bat 去過建國國小
　（B）In 講話 ê 所在 tī 建國國小內底
　（C）建國國小 tī 大路邊，真好揣
　（D）建國國小大門 kap 一條巷仔正沖

【對話第十一段】

問題第 13 條：根據對話，請問 in 上有可能是做啥物行業？
　（A）做田 ê
　（B）養殖 ê
　（C）絞米 ê
　（D）bāu 果子 ê

【對話第十二段】

問題第 14 條：根據對話，五種語言危機 ê 定義，下面 tó 1 个講法
　　正確？
　（A）「無安全」這級是講：囡仔 ê 族語講 bē 標準
　（B）「明顯危機」這級是講：囡仔 bē 曉講嘛聽無這種語言
　（C）「極度危機」這級是講：阿公阿媽這个世代嘛少 teh 用這種語言對話
　（D）「嚴重危機」這級是講：kan-na 阿公阿媽這个世代講這種語言，父母
　　　世代聽有 bē 曉講

全民台語認證試題（TL 版）

問題第 15 條：根據對話，阿娟認為台語應該列入去 tó 1 級？
  （A）無安全
  （B）明顯危機
  （C）嚴重危機
  （D）極度危機

問題第 16 條：根據對話，in 上有可能 uì 啥物所在得著「聯合國教
  科文組織」發佈 ê 消息？
  （A）報紙
  （B）電視
  （C）網路
  （D）雜誌

【對話第十三段】

問題第 17 條：根據對話，請問阿國 kap 阿華是啥物關係？
  （A）同事
  （B）同學
  （C）同行
  （D）同鄉

【對話第十四段】

問題第 18 條：請問對話中第一个人 ê 囡仔發生啥物代誌？
  （A）hōo 人驚著
  （B）ham-bān 認人
  （C）第二个人 buē 記 lih in ê 名
  （D）Buē-hiáu beh 稱呼序大人 ê 朋友

【對話第十五段】

問題第 19 條：根據對話，請問阿母叫囡仔去睏 hit 間房間，窗仔面
  向 tó 1 pîng？
  （A）東
  （B）西
  （C）南
  （D）北

全民台語認證試題（TL 版）

【對話第十六段】

問題第 20 條：根據對話，下面 tó 1 个講法正確？

（A）阿清 in 阿母過身 ah

（B）阿純 in 阿母過身 ah

（C）阿清 in 阿爸百歲年老 ah

（D）阿純 in 阿爸百歲年老 ah

問題第 21 條：根據對話，下面 tó 1 个選項上有可能？

（A）正仔 in 爸仔過往去

（B）正仔 in 母仔過往去

（C）正仔 in tsáu-á 人過往去

（D）正仔 in 丈人爸仔過往去

問題第 22 條：根據對話，下面 tó 1 个描述正確？

（A）正仔 kap 後生 kā in 無熟似 ê 老大人跪

（B）阿清有看著死者 ê 新婦哭 kah 暈暈死死去

（C）阿純有看著死者 ê 查某囝哭 kah 暈暈死死去

（D）有人看著哭 kah 真大聲，無流半滴目屎 ê tsáu-á 人

【對話第十七段】

問題第 23 條：根據對話，請問：人客問 ê hit 隻鴨 guā 濟？

（A）25 khoo

（B）1 百 50 khoo

（C）5 百 50 khoo

（D）2 百 50 khoo

【對話第十八段】

問題第 24 條：根據對話，阿英仔認為「君子」是指啥物款人？

（A）查某人

（B）查埔人

（C）有氣質 ê 人

（D）有地位 ê 人

（b）演說選擇題

【演說第一篇】

問題第 25 條：請問頂面這段演說，上有可能 tī 啥物場合出現？
  （A）學校上自然課
  （B）村里放送新聞
  （C）廣播電台報氣象
  （D）電視台報氣象

問題第 26 條：根據演說，請問這个風颱有可能 uì tó-uī 登陸台灣？
  （A）恆春
  （B）台中
  （C）台東
  （D）菲律賓

問題第 27 條：根據演說，請問講這段話 ê 時間上有可能幾點？
  （A）下晡 2 點
  （B）下晡 4 點
  （C）暗頭仔 6 點
  （D）暗時 10 點

問題第 28 條：根據演說，請問講話 ê 特別提醒蹛 tī 啥物所在 ê 人
  ài 嚴防戒備？
  （A）山跤
  （B）土城
  （C）恆春
  （D）台東

【演說第二篇】

問題第 29 條：根據演說，對「語言 ê 實際使用」ê 論述，下面 tó 1
个選項是 tiòh--ê？
（A）專門研究語言系統 ê 結構
（B）是傳統語言學 leh 研究 ê 課題
（C）kap 研究語言使用 ê 情境有關係
（D）專門研究單詞 kap 單詞 ê 組合規則

問題第 30 條：根據演說，「語言情境」是一種：
（A）符號系統
（B）語法 ê 知識
（C）組合語句 ê 能力
（D）理解句意 ê 因素

問題第 31 條：根據演說，tī 對話進行 ê 過程當中 koh 需要具備交
際能力，是 teh 講 tó 1 項？
（A）適當 ê 言語行為
（B）解釋語詞意義 ê 能力
（C）會曉比手勢
（D）清楚表達語音正確性 ê 能力

問題第 32 條：根據演說，下面 tó 1 个選項是*無*正確 ê？
（A）交際能力是指正確 ê 語言能力
（B）非語言性 ê 符號嘛是溝通方式
（C）文化 hām 歷史 ê 因素 kap 溝通 ê 理解有關係
（D）無全「語碼」ê 使用是因為受著社會因素影響

68 Lóng 是金 ê！
台語認證考古題

全民台語認證試題（TL 版）

【演說第三篇】

問題第 33 條：根據演說，請問尪仔標 ê 文 ī 會當分做幾種？
　（A）2 種
　（B）3 種
　（C）4 種
　（D）5 種

問題第 34 條：根據演說，有關尪仔標 ê ī 法，下面 tó 1 種 khah 緊輸贏、省 khuì-la̍t？
　（A）比懸低
　（B）牽銅錢仔
　（C）siàn píng 過 ê
　（D）tha̍h 規 tha̍h 揣王

問題第 35 條：根據演說，下面 tó 1 个 *毋是* 老母 gia̍h 箠仔揣囡仔 beh tńg 去厝 nih 做 ê 代誌？
　（A）洗碗
　（B）食飯
　（C）寫字
　（D）洗身軀

問題第 36 條：根據演說，有關尪仔標 ê 描述，下面 tó 1 个選項正確？
　（A）是逐个人細漢時共同 ê kì-tî
　（B）siàn píng 過 ê，sńg 法省錢、省 khuì-la̍t
　（C）會使 tī 桌頂 sńg，koh 會使 khû tī 土跤 sńg
　（D）ī 法真濟，有揣王 ê、siàn píng 過 ê、比懸低 ê、抽 khau 仔 ê

【演說第四篇】

問題第 37 條：根據演說，有關「雞爪 siáu」ê 講法下面 tó 1 个選項
正確？
（A）雞爪 siáu 會引起呼吸道 ê 病變
（B）雞爪 siáu 是一種急性 ê 傳染病
（C）雞爪 siáu 並 m̄ 是懸度傳染性 ê 病
（D）雞爪 siáu 會造成病人皮膚痛疼 kap 跤手變形

問題第 38 條：根據演說，針對「台灣省立樂生療養院」ê 論述，
下面 tó 1 个選項 ê 講法正確？
（A）Bat kann 禁過雞爪 siáu 患者
（B）是國民政府來台了後所創立 ê
（C）Bat hōo 聯合國列做世界遺產來保護
（D）因為起捷運 ê 關係全院 hông 強制拆除

問題第 39 條：根據演說，針對「雞爪 siáu 患者」ê 講法，下面 tó 1
个選項*無*正確？
（A）到 tann 猶是 hông 看無 bak-tē
（B）大多數 ê 病人攏因為空氣 uè 病 ê
（C）現此時行動已經自由並無受著限制
（D）Tī 早前，日本政府 kap 國民政府攏 kā in kann 禁 koh 禁止結婚

問題第 40 條：根據演說，下面 tó 1 項講法正確？
（A）Thái-ko-pīnn koh hōo 日本人叫做雞爪 siáu
（B）新樓病院 kap「台灣省立樂生療養院」無直接關係
（C）Tī 西方治療雞爪 siáu ê 所在 koh 叫做「樂生療養院」
（D）雞爪 siáu 是挪威醫生 tī 日本所發現 ê 一種會 uè--lâng ê 病

Ⅲ．口語測驗

（a）看圖講古（b）朗讀測驗（c）口語表達

本節測驗時間：量其約 20 分鐘

配分：每題 20 分，攏總 120 分

　　請注意聽錄音說明，按照指示回答。錄音機 ṁ免家己操作，除了耳機、mài-khuh 以外，其他設備請 mài tín 動。

◎監考人員宣布測驗開始了後，tsiah 會當掀開試題◎

（a）看圖講古

攏總 2 條，每 1 條準備 ê 時間 30 秒，講 ê 時間 1 分鐘。

【第 1 條】

【第 2 條】

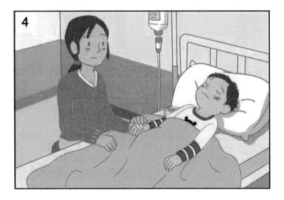

（b）朗讀測驗

攏總 2 篇，每 1 篇準備 ê 時間 30 秒，朗讀 ê 時間 2 分鐘。

【第 1 篇】

　　Tī 台灣 ê 諺語內底，有 bē 少 kap 動物有關係 ê，下面咱 tō 照十二生 siùnn ê 順序來舉例：親像「飼 niáu 鼠咬布袋」、「tshenn-mê 貓 tú-tiòh 死 niáu 鼠」、「牛 tiâu 內 tak 牛母」、「甘願做牛毋驚無犁 thang 拖」、「入虎口，無死嘛 oo-áu」、「虎過 tsiah 放 tshìng」、「拍虎掠賊親兄弟」、「兔仔望月」、「兔角龜毛」、「龍交龍，鳳交鳳，ún-ku--ê 交 tòng-gōng」、「龍頭蛇尾」、「蛇 khang thàng niáu 鼠 siū」、「死蛇活尾溜」、「惡馬惡人騎，胭脂馬 tú-tiòh 關老爺」、「khiā 懸山看馬 sio 踢」、「lám-lám 馬嘛有一步踢」、「羊仔笑牛無鬚」、「猴跤猴手」、「無 khang koh 欲激猴 kui」、「雞仔腸，鳥仔肚」、「siáu 貪 nǹg 雞 lang」、「im-thim 狗，咬人攏 bē háu」、「放屁安狗心」、「死豬 tìn 砧」、「豬頭皮 tsuànn 無油」等等，你看台灣諺語是毋是 tsiânn 心適 leh？

【第 2 篇】

Tī 我 ê 辭典內底，「前衛」這个詞並無未來性，只是一種 ê 分類法。因為若是「個人」，永遠 ài 有社會眾人 ê 存在來對映，只要時間永遠是相對 ê 寸尺單位，前衛 iȧh 無前衛，對身為一个創作者 ê 我來講，並無啥物意義。當然，舊 àu 舊臭 ê 審美觀念，絕對毋是我創作 ê 原則；我嘛希望聽、看、鼻、摸著我 ê 作品 ê 人，ē-sái 暫時開放 in 个五感 kap 頭殼。

講著傳統對藝術美感 ê 觀點，一向認為藝術作品攏是 uá 附 tī 主觀 ê 對待、解說；而且所謂藝術美感，tiȯh ài 順應主體 ê 美感經驗，要求藝術必須 ài 是純粹「感性想像」kap「存在現象」ê 妥協，忠實複製傳統價值、思維模式 kap 社會體制。按呢，藝術作品所代表 ê「客體」ê 自治性語言 ê 追求煞來失去，形成美學思維 ê 危機。

（c）口語表達

攏總 2 條，每 1 條準備 ê 時間 1 分鐘，回答 ê 時間 2 分鐘。

【第 1 條】

就你所知 ê，有啥物行業需要會曉台語 ê 人才？理由是啥物？

【第 2 條】

　　一般研究認爲公共藝術 ài 具備永久性、專業性、提倡民眾參與、配合當地 ê 人文、歷史 kap 社會活動等特性。請紹介一个你所知影 ê 公共藝術作品。

III

試題解答

（POJ／傳統版）

閱讀測驗　難題解答

（a）詞彙 kap 語法

7.「阿峰 in 兜＿＿＿巷仔底 ê 尾仔第 3 間。」請問空格仔內揀 tó 1 个上適當？

（A）kiā（B）chhāi（C）tòa（D）khǹg

◎解答：答案是（C）

這條是問 in 兜，選項（A）（B）（D）攏無按呢講。

11.「你 beh 去 hit 間冊店，ùi chia 向北直直行，經過 3 个青紅燈 ê tò-pêng 第 3 間 tō 是 ah。」請問冊店 ê 店面可能向 tó 1 pêng？

（A）東（B）西（C）南（D）北

◎解答：答案是（A）

向北直直行，過 3 个青紅燈，hit ê 人嘛是 koh 向北，冊店 tī tò 手 pêng 第 3 間嘛是 koh tī hit 條路 ê 路面，是 khiā 西 pêng，án-ne 冊店 ê 店面會向東。

15.「這 chúi ê 稻仔稻穗 sôe-sôe-sôe，看起來真＿＿＿ê 款。」請問空格仔內揀 tó 1 个上適當？

（A）chhơ-phoh（B）chiu-chì（C）sok-kiat（D）pá-tīⁿ

◎解答：答案是（D）

稻仔稻穗 sôe-sôe-sôe，表示粟仔生做 kài pá-tīⁿ。選項（A）chhơ-phoh 是講骨格粗勇。（B）是逐項攏顧有著 ê 意思。（C）是 sè m̄-koh chiâⁿ 結實。

18.「你 bē 博假博，＿＿＿koh 興啼，歸身軀攏死了了，kan-na chhun 一支喙，實在 hō 人足失望。」請問空格仔內揀 tó 1 个上適當？

（A）大目（B）大舌（C）大喙（D）大膽

◎解答：答案是（B）

大舌 koh 興啼是一句俗語。

21.「阿國仔真愛 kā 人創治，做人真白目 koh 手 chhèng，庄 nih ê 人攏講伊真____。」
請問空格仔內揀 tó 1 个上適當？

　　（A）ǹg-tǹg（B）chih-chuh（C）àng-tō（D）áng-láng

◎解答：答案是（B）

　　　　　（A）ǹg-tǹg 是講人鐵齒、固執。（B）根據成大《語詞分級寶典》ê
　　　　　解說，chih-chuh 是創治人 ê 意思。（C）àng-tō 是講人自私、腹腸 èh。
　　　　　（D）áng-láng 是講人無分是非、bē 清楚代誌 ê 道理。

25.「厝搬規工，____。」請問下面 tó 1 个 **無**符合台語 ê 白話講法？

　　（A）hō͘ 我 thiám kah 話攏講 bē 出來（B）讓我 thiám kah 話講 bē 出來
　　（C）thiám kah 我話攏講 bē 出來（D）我 thiám kah 話攏講 bē 出來

◎解答：答案是（B）

　　　　　這條是 beh 揀 **無符合**台語 ê 白話講法，（B）ê「讓我」是華語 ê 講法
　　　　　m̄ 是台語。Chhun--ê（A）（C）（D）攏有合台語 ê 講法。

26.「____無運動 ê 人，bē 堪得 hiông-hiông giâ chiah 粗重。」請問空格仔內揀
　　tó 1 个上適當？

　　（A）永過（B）pō͘-pîn（C）pō͘-pō͘（D）永年

◎解答：答案是（B）

　　　　　選項（A）永過是以早 ê 意思。（B）pō͘-pîn 是平常 ê 意思。（C）pō͘-pō͘
　　　　　是逐項 ê 意思。（D）永年是以早 ê 意思。

27.「這个囡仔足固執，講攏講 bē 聽，一定 ài 照伊 ê 意思做 chiah 會使，實
　　在真____。」請問空格仔內揀 tó 1 个上適當？

　　（A）ǹg-tǹg（B）àng-tō（C）sí-sng（D）n̂g-sng

◎解答：答案是（A）

　　　　　選項（A）ǹg-tǹg 是鐵齒、拗蠻 ê 意思。（B）àng-tō 是自私、腹腸 èh
　　　　　ê 意思。（C）sí-sng 是看起來營養不良 ê 意思。（D）n̂g-sng 嘛是看起
　　　　　來營養不良 ê 意思。

28. 請問下面 tó 1 个語詞加「仔」liáu-āu 意思會改變上大？

（A）圓（B）雞（C）樹（D）桌

◎解答：答案是（A）

　　（A）圓是形容詞，加「仔」pîⁿ 做圓仔是名詞，意思無仝。Chhun--ê（B）（C）（D）加「仔」liáu-āu 相仝是原本指 ê hit 項。

29. 「這期 ê 學生比頂一期加真少。」請問 kap 下面 tó 1 句 ê 意思相仝？

（A）這期 ê 學生有加淡薄仔（B）這期 ê 學生有減淡薄仔
（C）這期 ê 學生加足濟（D）這期 ê 學生減足濟

◎解答：答案是（D）

　　「加真少」意思是減足濟。（A）是學生有加。（B）是學生減 khah 少寡。（C）是加足濟。

30. 「實驗做了，用過 ê 物件、ke-si、電線、廢料，攏 ài khioh hō͘ ____。」請問空格仔內揀 tó 1 个上適當？

（A）chát-chiⁿ（B）pih-chah（C）siap-tiáp（D）lô͘-láu

◎解答：答案是（C）

　　選項（A）是堅實 ê 意思。（B）是穿衫打扮整齊 ê 意思。（C）根據教育部《台灣閩南語常用詞辭典》ê 解說是：物件 khǹg kah 真整齊 ê 意思。（D）是融合 ê 意思。

33. 「潤餅 kauh」kap「蚵仔煎」ê 語詞結構相仝，請問下面 tó 1 个嘛有相仝 ê 結構？

（A）螺絲絞（B）雞卵糕（C）紅毛塗（D）排骨酥

◎解答：答案是（A）

　　「潤餅 kauh」kap「蚵仔煎」ê 語詞結構 lóng 是「名詞+動詞」，答案內底 kan-na「（A）螺絲絞」有合。選項（B）雞卵糕 kap（C）紅毛塗攏是 1 个 複合名詞。（D）排骨酥是「名詞+形容詞」。

35. 語意學中所謂「有標記」ê 詞，通常 bōe 使用 tī 一般自然話語內底。比論講，一般情形之下 beh 問人身材、體格 ê 時，咱會講：「你偌『懸』？體重偌『重』？」tō bōe 講：「你偌『矮』？體重偌『輕』？」所以，『懸』kah『重』是自然詞，『矮』kah『輕』是標記詞。請問 tú 熟似 ê 人 teh 開講 ê 時，下面 tó 1 个是自然詞 ê 表達方式？

（A）你 kám 離婚 ah？（B）你 kám 獨身 ah？
（C）你 kám 羅漢跤 ah？（D）你 kám 結婚 ah？

◎解答：答案是（D）

選項（B）ê「獨身」kap（C）ê「羅漢跤」是標記詞；tú 熟似 ê 人 teh 開講 ê 時 bē kâng 問（A）ê 選項。

36. 請問下面 tó 1 句俗諺用 tī leh 形容：「急性 gâu 受氣 ê 人，若好好仔 kap 伊講道理，嘛是會 hông 講 tit。」ê 情境上適當？

（A）橫人理路直（B）紅面 ê 緊落籠
（C）臭 kê koh m̄除 ńg（D）尻川坐米甕，雙手抱錢筒

◎解答：答案是（B）

選項（A）是橫霸 ê 人講理嘛有伊 ê 一套理路。（C）意思是品質 bái koh m̄ lak 價數。（D）意思是好額，生活無欠缺。

（b）閱讀理解

【第一篇】

Columbus tī 1492 年 8 月初 3 ùi 西班牙出發，全年 10 月 12 到美洲 ê *Bahamas* 群島，1493 年 3 月 15 tńg 來西班牙。伊所寫 ê《航海日誌》，記錄每一工 tī 海上 tñg--tio̍h ê 情況 kap 新大陸所發現 ê 代誌。*Columbus* 首航艦隊由 3 隻帆船：*Santa Clara*、*Santa Maria* kap *Pinta* 所組成。

事實，美洲無需要任何人去發現。早 tō tī 冰河時期，海水面落降，*Bering* 海峽變成陸地，人類就已經 tùi 當時 ê 亞洲大陸行到美洲。幾千年來，tòa tī 美洲大陸 ê 印第安人 tī 中、南美洲已經建立某種規模 ê 社會。一般人所講 ê *Columbus* 發現新大陸，he 是 khiā tī 歐洲人 ê 角度 teh 講 ê。

這幾年來，愈來愈濟 ê 考古發現，hō͘ 真濟人開始相信北歐 ê *Vikings* 族早 tō 發現美洲。甚至有人提出古早中國人鄭和 ê 船隊 tī 1421 年 tō 發現美洲大陸，親像 *Gavin Menzies* ê《1421：中國發現世界》這本冊，m̄-koh 猶是無法度證實。毋管按怎，歐洲人普遍認為 *Columbus* 是第一个發現美洲大陸 ê 人。

☺ 請根據頂面文章回答問題：

37. 請問下面 tó 1 个講法正確？

（A）作者認為 *Columbus* 是第一个發現美洲 ê 人

（B）*Columbus* tùi 西班牙出發會先經過 *Bering* 海峽 chiah 到美洲

（C）鄭和 ê 船隊 bat 行到西班牙

（D）考古 ê 證據講 *Vikings* 族真早就發現美洲

◎解答：答案是（D）

選項（A）是歐洲人普遍認為 ê。（B）無經過 *Bering* 海峽。（C）文章無講著。

38. 請問下面 tó 1 个講法正確？

（A）鄭和 ê 船隊上早發現美洲大陸

（B）印第安人上早發現美洲大陸

（C）*Vikings* 族上早移民美洲大陸

（D）西班牙人上早移民美洲大陸

◎解答：答案是（B）

選項（A）kap（C）猶無法度證實。（D）m̄-tio̍h。（B）幾千年來，tòa tī 美洲大陸 ê 印第安人 tī 中、南美洲已經建立某種規模 ê 社會，所致根據頂面文章是印第安人上早發現美洲大陸。

39. 請問 *Columbus* ùi 西班牙出發去美洲到 tńg--lâi 西班牙，量其約偌久 ê 時間？

（A）6 個月

（B）8 個月

（C）10 個月

（D）12 個月

◎解答：答案是（B）

1492 年 8 月初 3～1493 年 3 月 15 大約 8 個月。

【第二篇】

第二工透早，十月 ê 日頭出來進前，我已經起床，而且行過曠地 kap 樹林。十月 ê 透早 bē siuⁿ 冷嘛 bē siuⁿ 熱，日出 ê 景象是足壯觀 ê。Thàng 過一片白霧，日頭 tùi 朦霧 ê 山跤，沉重 giàh 起肩胛頭。Tī 伊 ê 目睭前，朦霧 tàuh-tàuh-á 沉落去 lak kàu 塗跤，sòa 落來化做一絲一絲消散去。Tī 草埔地、大石頭跤 ê 一寡仔所在 koh 有霧氣 teh 徘徊，m̄-koh 每一粒山 ê pān-thâu soah 一个一个走出來。

樹林仔一層接一層，ná 親像 moa tī tú-á hō͘ 人叫醒 ê 山頭 ê 棕簑，hiah-nī 威嚴，hō͘ 人想起狂風暴雨。秋天成熟 ê 手已經 teh 偷偷仔 kā in 摸 ah，in tòe 秋天報頭若到，變化做金黃、火紅 kap 青色。In 對日出 ê 喜樂，親像是 beh 奉獻 hō͘一个新郎，koh khah 親像是 beh 奉獻 hō͘一个尊者全款。

【譯自：Richard D. Blackmore〈An October Sunrise〉】

☺ 請根據頂面文章回答問題

40. 請問下面「」內 ê 名詞 tó 1 个是用譬喻 ê 手路？

（A）In 對日出 ê 喜樂，親像是 beh 奉獻 hō͘一个「新郎」

（B）In tòe「秋天」ê 報到，變做金黃、火紅 kap 青色 ê

（C）樹林一層接一層，ná 親像 thâu-tú-á hō͘ 人叫醒 ê 山 ê「棕簑」

（D）透過一片「白霧」，日頭 tùi 朦霧 ê 山跤，沉重 giàh 起肩胛頭

◎解答：答案是（C）

選項（A）（B）（D）「」內底 ê 名詞攏 m̄ 是譬喻。（C）「棕簑」是用棕樹 ê 葉仔，曝焦 liáu-āu 落去做 ê，棕簑 leh 做 ê 時，因爲 ài 會 jia 雨 koh bē-sái hō͘雨水 kā 身軀 tò tâm，所致是一層一層 thàh--khit-khì ê，按呢有 sêng 發 tī 山頭 he 一層一層 ê 樹林，這款 chiâⁿ tàu-tah ê 形容，咱講伊是譬喻。

41. 根據本文，「Tī 伊 ê 目睭前，朦霧漸漸沉落去」文中 ê「伊」是指 siáng？
（A）山
（B）我
（C）作者
（D）日頭

◎解答：答案是（D）
　　　文章頭 1 段有講：「日頭 tùi 朦霧 ê 山跤，沉重 giah 起肩胛頭。Tī 伊
　　　ê 目睭前，朦霧 tauh-tauh-á 沉落去 lak kàu 塗跤，sòa 落來化做一絲一
　　　絲消散去。」所以文中 ê「伊」是指日頭。

42. 根據本文，「秋天成熟 ê 手已經 teh 偷偷仔 kā in 摸 ah」，文中 ê「in」是 teh
　　講啥物？
（A）樹林
（B）日頭
（C）山頭
（D）狂風暴雨

◎解答：答案是（A）
　　　文章第 2 段 teh 講「樹林仔一層接一層……」指 ê 攏是樹林。

【第五篇】

　　語言 ê 發展表現 tī 語言系統 ê 語音、詞彙、語法 kap 語義等方面。一般
來講語言 ê 演變包括有「臨時性變化」kap「歷史演變」兩方面。語言 ê 臨時
性變化顯示伊是社會各成員 put-sám-sî 攏 leh 使用 ê 複雜系統；伊是動態 ê、
約定俗成 ê。人 leh 使用語言進行交際 ê 時陣，定定會表現出真濟個性化 ê 特
點：仝款 ê 語詞會因為無仝 ê 使用者，抑是對象 kap 場合無仝，產生出無仝
ê 用法。Chia ê 變化是語言臨時性 ê 變化，in 定定會以孤立 ê 個別狀態呈現。
　　語言 ê 歷史演變是 leh 講 hō͘ 歷史固定落來，已經變成歷史事實 ê 變化。
以詞義 ê 變化來舉例：『小姐』上頭先代表 ê 意義是「對女性 ê 尊稱」，有正
面意義。M̄-koh tī 一寡特定服務業內底，『小姐』是充滿情色 ê 暗示，「服務
小姐」、『小姐』煞變成是一種「從事特殊服務 ê 女性」，轉變做對女性 ê 一
種貶義詞。照這个例來看，若是按原本正面意義轉變成貶義詞，就是屬於歷
史變化。

☺ 請根據頂面文章回答問題

49. 根據本文，請問下面 tó 1 項講法正確？

（A）語言 ê 歷史演變就是講語詞成做固定 ê 歷史事實

（B）語言 ê 發展，kan-na kap 語音、詞彙、語法以及語義相關

（C）臨時性變化代表人 leh 使用語言 ê 時 bē 產生無意識 ê 約定俗成

（D）人講出來 ê 語句雖然 sio-siâng，m̄-koh 所表現出來 ê，有個人 ê 獨特性

◎解答：答案是（D）

選項（A）是 hō 歷史固定落來。（B）有「臨時性變化」kap「歷史演變」兩方面。（C）臨時性變化是動態 ê、約定俗成 ê。

50. 根據本文，請問下面 tó 1 个 tùi「小姐」這个詞 ê 講法正確？

（A）「小姐」這个語詞 kan-na 屬於歷史變化

（B）語詞「小姐」kan-na 歸屬 tī 臨時性變化

（C）「小姐」這个語詞 ê 語意變化 m̄是孤立 ê 個別狀況

（D）Tī 語言交際 ê 過程中，若用 tī 尊稱方面就是性暗示

◎解答：答案是（C）

選項（A）m̄是 kan-na 屬於歷史變化。（B）m̄是 kan-na 歸屬 tī 臨時性變化。（D）tī 一寡特定服務業內底。

51. 根據本文，請問下面 tó 1 項講法正確？

（A）臨時性變化 kap 歷史性變化會當全時並存

（B）語言 ê 交際進行過程中 kan-na 有孤立 ê 個別狀態

（C）社會上只要是生物攏 ē-sái 透過語言系統互相了解

（D）必須 ài 透過無全 ê 語句，chiah 會當表現出語言運作 ê 多變化

◎解答：答案是（A）

（B）m̄是 kan-na 有孤立 ê 個別狀態。（C）是人 chiah 會使。（D）是無的確，嘛會使透過全款 ê 語詞，tī 無全 ê 使用者，抑是對象 kap 場合無全，表現出語言運作 ê 多變化。

【第六篇】

最近網路 teh 流傳，發表「相對論」ê *Einstein* 〈愛因斯坦〉bat 警告講：「蜜蜂若消失，咱人會 tī 4 冬內滅亡」。最近全球各地攏發生蜜蜂神祕消失 ê 現象，koh 加上全球糧食欠缺，che 親像 teh 印證 *Einstein* 所預言 ê 人類危機。

根據研究，1 隻蜜蜂 1 工會當採 5000 蕊花，伊身軀頂會使 chah 萬外粒 ê 花粉，這款速度毋是咱人 ê 科技有才調比較 ê。咱人 ê 食物有 3 份 1 來自會開花 ê 植物，ah 這寡開花植物大約有 80% ài 蜜蜂 ê 授粉。M̄-nā 開花植物，koh 有真濟野生植物嘛需要蜜蜂 ê 授粉作用，chiah 會當維持生態平衡。

美國農業部指出，美國各地 ê 蜜蜂養殖業者所報告 ê，蜜蜂 hiông-hiông m̄ 知原因煞消失 ê 比例 ùi 30%到 90%。尼加拉瓜水 chhiâng 地區蜂農協會（*Niagara Beekeepers Association*）主席 *Dubanow* 表示，當地大約 80%至 90% ê 蜂農今年攏 tú 著歹年冬。伊 koh 講，因為蜜蜂自 2006 年起大量死亡 kap 消失，為著 thang kā 農作物授粉，ko͘-put-jî-chiong ùi *New Zealand* 進口女王蜂 thang 重建蜂岫，所以成本嘛增加。

☺ 請根據頂面文章回答問題

52. 根據本文，人類 ê 危機是啥？
　　（A）全球暖化
　　（B）物價起飛
　　（C）生態無平衡
　　（D）蜜蜂無法度授粉

◎解答：答案是（C）
　　　　根據文章講 ê，m̄-nā 開花植物，koh 有真濟野生植物嘛需要蜜蜂 ê 授粉作用，chiah 會當維持生態平衡。Koh 講最近全球各地攏發生蜜蜂神祕消失 ê 現象，koh 加上全球糧食欠缺。所以真濟植物 beh 生湠 ài 靠蜂，蜂若一直減少甚至無--去，按呢生態無平衡，che 親像 teh 印證 *Einstein* 所預言 ê 人類危機。Tō 是講人類 ê 危機是生態無平衡。

53. 根據本文，關係蜜蜂 ê 講法, tó 1 个正確？

（A）蜜蜂減少是因爲糧食欠缺

（B）有 3 份 1 ê 開花植物 ài 蜜蜂授粉

（C）1 隻工蜂 1 冬會當採 5000 蕊花

（D）若無蜜蜂，會造成農作物歹年冬

◎解答：答案是（D）

選項（A）m̄知原因。（B）是 4/5。（C）是蜜蜂，無講是工蜂。（D）因爲若無蜜蜂，tō 無法度 kā 農作物授粉，會造成農作物歹年冬。

54. 根據本文，下面 tó 1 个選項 khah 有理路？

（A）*Einstein* 是研究蜜蜂 ê 專家

（B）美國 ê 女王蜂攏 ùi *New Zealand* 進口

（C）美國各地蜜蜂消失 ê 比例 ùi 80% 到 90%

（D）科技化採蜜 ê 速度 tòe bē-tiòh 蜜蜂

◎解答：答案是（D）

選項（A）m̄是 *Einstein*。（B）m̄是。（C）是 30% 到 90%。（D）這款速度 m̄是咱人 ê 科技有才調比較 ê。

【第七篇】

「圖形數學」內底所講 ê「相似形」，意思 tiòh 是照比例放大縮小，兩个圖會使相疊，無法度分別。親像圓箍仔，m̄管大細，攏是「相似形」，che 是因爲圓箍仔攏符合獨一 ê 一條規律，he 也就是圓箍仔 ê 外周圍 ê 長度，kap 直徑 ê 長度，有固定 ê 比率，這个比率 tō 是圓周率。外國人 1706 年開始用 phai（π）來做代表圓周率 ê 符號。Ah 若是像行星運動路線 ê 鴨卵圓就 m̄是按呢。

古早人 leh 算圓周率攏 liàh 差不多來準，有 5 千年前古埃及人 3.16 kap 巴比倫人 3.125，3 千年前古中國人用 3 等等。咱小學是用 3.14 來準，按呢大概 cheng-chha 萬分之五，ah 若是用 3.14159 來準，著 kan-na 有百萬分外 ê cheng-chha niâ。這个圓周率 phai（π），到底是偌濟？其實無人有法度講，chēng 咱會使用電子計算機，kā π ê 數字算到小數有一千六百萬个，按呢嘛 iah 無算是算了 ah。按呢，到底圓周率是 m̄是有固定確定 ê 數字 leh？He 只是精密度 ê 問題 niâ。伊窮實就是一个「數學常數」，親像 1、0 按呢。這圓周率會使講是藏 tī 自然界 ê 一个祕密。Ah 三月十四 tú 好是偉大 ê 物理學家 *Einstein* ê 生日 neh。

☺ 請根據頂面文章回答問題：

55. 根據本文，tó 1 个選項正確？

　（A）鴨卵圓是圓箍仔 ê「相似形」

　（B）鴨卵圓 m̄ 管大細攏是「相似形」

　（C）圓箍仔圓周 kap 圓周率 ê 比例固定

　（D）圓箍仔直徑長度 kap 圓周長度比例固定

◎解答：答案是（D）

　　　　選項（A）kap（B）鴨卵圓 m̄是圓箍仔 ê「相似形」。（C）是圓箍仔
　　　　ê 外周圍 ê 長度 kap 直徑 ê 長度，有固定 ê 比率。

56. 根據本文，tó 1 个選項正確？

　（A）Chit-má 小學用 ê 圓周率數字上精密

　（B）Chit-má 小學用 ê 圓周率數字比古早人 cheng-chha khah 濟

　（C）無法度知影圓周率是 m̄是固定，只好用 phai（π）代表

　（D）無法度知影圓周率到底是偌濟，所以用 phai（π）代表

◎解答：答案是（D）

　　　　選項（A）m̄是上精密，猶有 cheng-chha。（B）比古早人 cheng-chha khah
　　　　少。（C）m̄是無法度知影圓周率是 m̄是固定，是無法度知影偌濟。

57. 根據本文，tó 1 个選項正確？

　（A）圓周率 ê 祕密 kan-na *Einstein* 知

　（B）以早無電子計算機，所以圓周率算 bē 出來

　（C）圓周率是數學常數，m̄-koh 咱永遠 m̄知伊偌濟

　（D）Chit-má 咱會使用電子計算機來正確算出圓周率 ê 數字

◎解答：答案是（C）

　　　　選項（A）m̄是 kan-na *Einstein* 知。（B）古早無電子計算機，圓周率
　　　　tō 有算出來 ah。（D）chit-má 用電子計算機嘛算 iáu-bōe 了。

【第八篇】

　　「互文性」是 tī 西方結構主義 hām 後結構主義思想中產生 ê 一種文本 ê 理論，是由法國女性主義批評家、符號學家 *Julia Kristeva*（1941～）發明 ê。*Kristeva* 家己根據法語詞綴 kap 詞根 tàu--khí-lâi ê 新詞：*intertextoalité*，定義是：所有 ê 文本，攏是別个文本 ê 吸收 kap 變形，bōe 輸十花五色 ê「引用 ê mo-sa-ek」（*mosaïque*；嵌鑲圖）。所以「互文性」指 ê tiòh 是某一个文本參其他文本 ê 互相作用，包含模仿、影響抑是引用等等 ê 關係。

　　Nā 照這个概念出發，任何一个文本絕對 bōe 是孤立存在 ê。產生 tī 過去 ê 文本，kap 現此時 tng-leh 創作 ê 文本，是會互相關聯 ê。可比講：假設有一本冊描述一个 tī 強權統治下劫富救貧、反抗威權 ê 人，按呢 ê 一个人物，tī 台灣 tiòh 會 chiaⁿ 容易 hō 人聯想 tiòh 廖添丁，tī 西洋文學 tiòh 會 hông 想 tiòh *Robinhood*。這 tō 是新、舊文本產生「互文性」。咱 kā 過去閱聽 ê 經驗，紡織 tī 現此時新 ê 文本內，thang hō 新 ê 故事產生新 ê 意涵。

　　對「互文性」ê 界定 chit-má 分 ėh 義 kap 闊義 2 種。Ėh 義 ê 定義認為：「互文性」指一个文本 kap tī leh 這个文本內底 ê 其他文本之間 ê 關係。闊義 ê 定義認為：「互文性」指任何文本 kap hō 這个文本具有意義 ê 知識、符碼 kap 表意實踐 ê 總合關係；chia ê 知識、代碼 kap 表意實踐形成一个潛力無限 ê 網路。

☺ 請根據頂面文章回答問題

58. 為啥物 *Kristeva* 認為所有 ê 文本 bōe 輸 hoe-pa-lí-niau ê「引用 ê mo-sa-ek」？

　　（A）因為 *Mosaïque* 是第一个發明文本互相引用 ê 人

　　（B）因為符號學使用 *mosaïque* 這个詞來形容結構主義所形容 ê 相互關係

　　（C）因為伊上早是一个創作 *mosaïque* ê 藝術家，受著這个藝術觀念影響 chiaⁿ 深

　　（D）因為所有 ê 文本攏會引用、吸收別个文本 ê 元素，koh kā 伊變形，親像剪黏拼貼 ê 技術

◎解答：答案是（D）

　　　　文章頭一段有講「…定義是：所有 ê 文本，攏是別个文本 ê 吸收 kap 變形，bōe 輸十花五色 ê『引用 ê mo-sa-ek』（*mosaïque*；嵌鑲圖）」。選項（A）是 *Julia Kristeva* 發明 ê。（B）符號學無講使用 *mosaïque* 這个詞來形容結構主義所形容 ê 相互關係。（C）文章無講伊上早是做啥物 ê。

59. 根據本文，以下 tó 1 項講法正確？

（A）新意涵 ê 產生完全 óa-khò 新文本 ê 創造

（B）產生 tī 過去台灣文學 ê 文本，kap 現此時 tng leh 創作台灣文學 ê 文本，會互相關聯

（C）根據本文，互文性 ê 詮釋完全 ùi 作者 ê 知識、文化背景來 ê，伊 ê 角色只是親像剪黏師傅 niā-niā

（D）一个文本雖然引用別人 ê 話，嘛無一定有互文關係。顛倒是無應該引用 ê 時陣引用，chiah 會產生互文性關聯

◎解答：答案是（B）

文章第 2 段有講：「任何一個文本絕對 bōe 是孤立存在 ê。產生 tī 過去 ê 文本，kap 現此時 tng-leh 創作 ê 文本，是會互相關聯 ê。」所致（B）講 ê 是 tiòh--ê。選項（A）新意涵 ê 產生是咱 kā 過去閱聽 ê 經驗，紡織 tī 現此時新 ê 文本內。（C）文章第一段有講著：「所有 ê 文本，攏是別个文本 ê 吸收 kap 變形，bōe 輸十花五色 ê『引用 ê mo-sa-ek』（mosaïque；嵌鑲圖）。所以「互文性」指 ê tiòh 是某一个文本參其他文本 ê 互相作用，包含模仿、影響抑是引用等等 ê 關係。」Ùi 這句話咱 thang 講作者 m̄是像剪黏師按呢，kā 別人 ê 作品提來 ka-ka-tah-tah leh niā-niā，伊是一款新 ê 創作。（D）文章第二段有講著：「產生 tī 過去 ê 文本，kap 現此時 tng leh 創作 ê 文本，是會互相關聯 ê。」

60. 根據本文，以下 tó 1 个講法是 *錯誤* ê？

（A）*Kristeva* 所講 ê 屬於廣義 ê 互文性

（B）音樂家根據文學作品抑是神話傳說所譜寫 ê 樂曲，嘛會使是互文性研究 ê 對象

（C）Ėh 義 ê 互文性所指 ê 是：某一个文本透過記憶、重復、修正等等 ê 方式，對其他文本產生 ê 影響

（D）報紙標題講一个人是「現代塗炭仔」，指 ê 可能是一个平凡普通 ê 查某囡仔，變做 koh súi koh 出名 ê 故事

◎解答：答案是（C）

選項（C）m̄是 ėh 義是廣義講。（A）（B）（D）講 ê 攏 tiòh。這條是揀 m̄-tiòh--ê。

聽力測驗 完整對話

（a）對話選擇題（b）演說選擇題

本節測驗時間：量其約 40 分鐘，以實際錄音時間為準。

配分：每題 3 分，攏總 120 分。

Tī 這个測驗內面咱有分做「對話」kap「演說」2 種題型，攏總 40 條選擇題。第 1 條到第 24 條是「對話選擇題」，第 25 條到第 40 條是「演說選擇題」，請照順序回答。

考生會當參考「問題 kap 答案選項 ê 紙本」，kā 答案用 2B 鉛筆畫 tī 答案卡頂頭正確 ê 圓箍仔內底。Bē-sái tī 紙本頂懸做任何 ê 記號抑是筆記，若 beh 做筆記，請寫 tī 草稿紙頂面。

答 tiȯh 1 條 tiȯh 3 分，m̄-tiȯh 1 條扣 1 分，無作答 ê 題目無 tiȯh 分嘛無扣分，若是 bē-hiáu ê 題目請 mài 作答。

Tâi-uân Gí-bûn Tshik-giām Tiong-sim
國立成功大學 台灣語文測驗中心
NCKU Center for Taiwanese Languages Testing

（a）對話選擇題

【對話第一段】

阿明：阿媽 gâu 早，我來 kā 茱 phâng 出來。

阿媽：Ài 細膩 oh！

問題第 1 條：根據對話，請問 in sòa--lòh 上可能 beh 做啥？

（A）煮飯（B）食飯（C）洗碗（D）khoán 桌頂

【對話第二段】

女：阿寶 ah，中晝 beh 食水餃、肉粽、pháng 抑是包仔？

男：Boaih 定定食麵粉類 ê，食 kah siān--ah。

問題第 2 條：根據對話，請問阿寶上有可能 beh 食 tó 1 項？

（A）水餃（B）肉粽（C）包仔（D）pháng

【對話第三段】

囝：Ma～，阮明仔載 ài 交班費 100 kho。

母：昨昏提 hō 你 ê 冊錢，m̄ 是猶有 chhun。

囝：Kan-na chhun 60 niâ，無夠 lah！

問題第 3 條：根據對話，請問 beh 交班費，猶欠偌濟錢？

（A）40 kho（B）50 kho（C）60 kho（D）100 kho

【對話第四段】

女：坤仔，水仔 in beh 娶新婦，你看 ài kā 包偌濟 khah tú 好 haⁿh？

男：進前咱雪仔嫁，伊包 2000，tō 4、5 年 ah，kám 免 thảh 1--成。

女：好 lah！Chū 按呢。

問題第 4 條：根據對話，請問 in 想 beh 包偌濟錢？

（A）1,800（B）2,000（C）2,200（D）3,000

【對話第五段】

男：阿芬來，叫「阿 kīm」。

女：Ah 咱 to 猶 bē 結婚，按呢叫--我，人會歹勢 lah。

問題第 5 條：請問對話中阿芬 ài 叫查埔 ê 啥物？

（A）阿兄（B）阿叔（C）阿舅（D）姨丈

【對話第六段】

女：恭喜、恭喜。祝 lín 兩个明年生雙生 oh！

男、女：多謝 lah。

問題第 6 條：請問這段對話上有可能 tī 啥物時陣出現？

（A）過年（B）結婚（C）做生日（D）做滿月

【對話第七段】

A：你後擺 tiȯh ài ē kì--lih，不管時 tiȯh ài tì 工程帽仔，去到面頂安全索仔攏
　　ài 隨時縛 tiâu leh。

B：頭 ê，我知影 ah lah。

A：你 m̄-thang 放散散，安全上重要。趁錢有數（iú-sò͘），性命 ài 顧。

問題第 7 條：根據對話，請問下面 tó 1 項*無*正確？

（A）工頭嫌工人無夠巧

（B）第一个人是工頭也是頭家

（C）對話有可能出現 tī 病院探訪 ê 時陣

（D）第二个人因為做 khang-khòe 受傷

【對話第八段】

秀枝：進財仔，我喉焦 kah，lín 有滾水通 lim 無 ah？

進財：秀枝仔，這罐 táⁿ--你。

秀枝：這罐水 600cc ài 10 篋，人 he 汽油 1,000cc 嘛 chiah 20 外篋 niâ。Koh
　　　再講，製造這罐水 tiȯh ài 消磨足濟資源 kap 能源，對地球真 sńg-tn̄g，
　　　罐仔水 tek 確是貴 koh 無環保！Lim 罐仔水 m̄是現代文明人做 ê 代
　　　誌。你 kám 知影，人澳洲 tī 2009 年 7 月已經有一个鄉鎮規定講，禁
　　　止買賣罐仔水 ah neh？

進財：按呢真歹勢，我猶是 thîn 茶 kó͘ ê 冷滾水 hō͘ 你 lim。

秀枝：按呢 m̄-chiah 是 21 世紀標準 ê 地球人。保護地球逐家來，減少碳酸
　　　（thòaⁿ-sng）chiah 應該；保全生態頭項代，生態跤跡 m̄-thang 烏白開。

問題第 8 條：根據對話，下面 tó 1 个講法正確？
（A）罐仔水是衛生環保 ê 產物
（B）罐仔水 kiông beh 比汽油 khah 貴
（C）做一个文明人 ài 加消費碳酸產品
（D）澳洲是世界第一个賣罐仔水 ê 國家

問題第 9 條：根據對話，下面 tó 1 个選項 khah 適當？
（A）秀枝仔 beh kā 人討滾水 lim
（B）進財仔比秀枝仔 khah 有環保意識
（C）秀枝仔 khah ài 人 lim 罐裝 ê 冷滾水
（D）進財仔 khah ài 人 lim 茶 kó͘ ê 冷滾水

問題第 10 條：根據對話，下面 tó 1 个描述 khah 無理路？
（A）茶 kó͘ ê 滾水比罐仔水 khah 好 lim
（B）Chau-that 地球是罐仔水另外一个特點
（C）罐仔水比茶 kó͘ ê 滾水 khah phah-sńg 能源
（D）做一个標準 ê 地球人，代先 ài 會曉保護生態

【對話第九段】

男：阿英，咱來 sńg bih-sio-chhōe。

女：Bē-sái tī chia lah。老師講 ài 去外口 chiah 會使 sńg。

問題第 11 條：請問這段對話上有可能 tī 啥物所在出現？
（A）樹仔跤（B）籃球場（C）圖書館（D）運動埕

【對話第十段】

男：借問 leh，建國國小按怎行？

女： 這條路 ǹg 南行，thău~ 50 公尺到一條 sih 黃燈 ê 巷仔，kā 正 oa̍t，行 chīn-pōng tō 是建國 ê 大門 ah。

問題第 12 條：根據對話，下面 tó 1 項正確？
（A）查某 ê m̄-bat 去過建國國小
（B）In 講話 ê 所在 tī 建國國小內底
（C）建國國小 tī 大路邊，真好揣
（D）建國國小大門 kap 一條巷仔正沖

【對話第十一段】

男：Chhek-á 敗價，趁無食，做這途 ê 實在毋值。

女：無法度，to 做著 ah！莫怪囡仔 m̄ 做。

問題第 13 條：根據對話，請問 in 上有可能是做啥物行業？
　（Ａ）做田 ê（Ｂ）養殖 ê（Ｃ）絞米 ê（Ｄ）bāu 果子 ê

【對話第十二段】

阿明：阿娟，你 chit-má kap 囡仔講話攏 ài 用台語 oh。

阿娟：是按怎 hioh！哪會 hiông-hiông teh 講 che。

阿明：你看頂懸 hit 條電子批，聯合國教科文組織（UNESCO）發佈上新 ê 面臨危機語言報告，台灣攏總有 24 種語言 hông 列入去烏名單內底。Tī 這份報告內底，照 in 面臨危機 kap 絕滅 ê 程度，分做 5 个等級。

阿娟：Ah 是按怎分？咱台語列 tī tó 1 級？

阿明：第一叫做「無安全」：大部分 ê 囡仔會當講這種語言，但是 kan-na 限 tiāⁿ tī 特定 ê 所在，像：家庭。第二叫做「明顯危機」：囡仔 tī 厝 nih 無 koh 學習這種語言。第三叫做「嚴重危機」：Kan-na 阿公阿媽這个世代講這種語言，父母世代聽有，但是無 teh 講。第四叫做「極度危機」：阿公阿媽這个世代嘛真少 teh 講 ah。第五叫做「絕滅」：Tō 是攏無人會曉講 ah。你看台語應該列入去 tó 1 級？

阿娟：Taⁿ 害 ah！Chit-má ê 囡仔 kan-na tī 台語課學，厝 nih 爸母攏無 teh 教。

問題第 14 條：根據對話，五種語言危機 ê 定義，下面 tó 1 个講法正確？
　（Ａ）「無安全」這級是講：囡仔 ê 族語講 bē 標準
　（Ｂ）「明顯危機」這級是講：囡仔 bē 曉講嘛聽無這種語言
　（Ｃ）「極度危機」這級是講：阿公阿媽這个世代嘛少 teh 用這種語言對話
　（Ｄ）「嚴重危機」這級是講：kan-na 阿公阿媽這个世代講這種語言，父母世代聽有 bē 曉講

問題第 15 條：根據對話，阿娟認為台語應該列入去 tó 1 級？
　（Ａ）無安全（Ｂ）明顯危機（Ｃ）嚴重危機（Ｄ）極度危機

問題第 16 條：根據對話，in 上有可能 ùi 啥物所在得著「聯合國教科文組織」發佈 ê 消息？
　（Ａ）報紙（Ｂ）電視（Ｃ）網路（Ｄ）雜誌

96 Lóng 是金 ê！
台語認證考古題

【對話第十三段】

阿國：阿姨，你好！我是 kap 阿華仝班 ê，叫做阿國。

阿姨：阿國 oh，內底坐。阿華猶 teh 眠，我來 kā 叫。

問題第 17 條：根據對話，請問阿國 kap 阿華是啥物關係？
（A）同事（B）同學（C）同行（D）同鄉

【對話第十四段】

A：Ah…，chiâⁿ 歹勢！教 kah 這 2 gê ham-bān 囝，攏 bōe-hiáu kâng 叫。

B：Bôa-kín lah。M̄-bat 看--過，驚 chhiⁿ-hūn lah。

問題第 18 條：請問對話中第一个人 ê 囡仔發生啥物代誌？
（A）hō͘ 人驚著
（B）ham-bān 認人
（C）第二个人 bōe 記 lih in ê 名
（D）Bōe-hiáu beh 稱呼序大人 ê 朋友

【對話第十五段】

囝：阿母，你哪會叫我 kap 小妹換房間。

母：你早起攏 peh bē 起來。Hō͘ 你眠 hit 間，透早日頭 tō chhiō 入來，peh khah 會起來 lah。

問題第 19 條：根據對話，請問阿母叫囡仔去眠 hit 間房間，窗仔面向 tó 1 pêng？
（A）東（B）西（C）南（D）北

【對話第十六段】

阿清：阿純，巷仔口正仔 in 兜有人過往去，是查埔 ê 抑是查某 ê。

阿純：清仔，ah 你 tú-á m̄是 ùi hia 過，kám 看 bē 出來。

阿清：看是有看 lah，ah to 攏無寫 neh，kap 頂 hoan-á teh 辦 lín 爸仔阮丈人 ê 時攏無仝 neh；有看正仔 kap 後生 tī 路頭 kā 一个無熟似 ê 老大人跪，hit 个老人真久 chiah kā in 牽起來。

阿純：He 叫做「接外家」。Ah koh 有看著啥？

阿清：Koh 有看著幾个 chǎu-á 人，用爬 ê 哭入去，有 ê 哭 kah 暈暈死死去，有 ê 哭 kah 足大聲煞無看半滴目屎。

阿純：莫怪 hông keng-thé 做「新婦哭禮數，查某囝哭腸肚」。

問題第 20 條：根據對話，下面 tó 1 个講法正確？

（A）阿清 in 阿母過身 ah（B）阿純 in 阿母過身 ah

（C）阿清 in 阿爸百歲年老 ah（D）阿純 in 阿爸百歲年老 ah

問題第 21 條：根據對話，下面 tó 1 个選項上有可能？

（A）正仔 in 爸仔過往去（B）正仔 in 母仔過往去

（C）正仔 in chău-á 人過往去（D）正仔 in 丈人爸仔過往去

問題第 22 條：根據對話，下面 tó 1 个描述正確？

（A）正仔 kap 後生 kā in 無熟似 ê 老大人跪

（B）阿清有看著死者 ê 新婦哭 kah 暈暈死死去

（C）阿純有看著死者 ê 查某囝哭 kah 暈暈死死去

（D）有人看著哭 kah 真大聲，無流半滴目屎 ê chău-á 人

【對話第十七段】

女：「頭家，借問 leh，這隻鴨 gōa 濟錢？」

男：「老主顧 ah，算你 jī-á-gō tō 好。」

問題第 23 條：根據對話，請問：人客問 ê hit 隻鴨 gōa 濟？

（A）25 kho͘（B）1 百 50 kho͘（C）5 百 50 kho͘（D）2 百 50 kho͘

【對話第十八段】

阿雄：阿英仔，你 mài 烏白來 o͘！君子是動口無動手。

阿英：阿雄仔，你放心，我是查某 ê，lín 祖媽動手無 beh 動口。

問題第 24 條：根據對話，阿英仔認為「君子」是指啥物款人？

（A）查某人（B）查埔人（C）有氣質 ê 人（D）有地位 ê 人

（b）演說選擇題

【演說第一篇】

　　各位觀眾逐家暗安！今仔日下晡開始，台灣東部 kap 恆春地區 ê 民眾可能攏有 tú-tio̍h sap-sap-á 雨，che 是因為菲律賓外海 ê 熱帶性低氣壓已經形成輕度風颱。這个風颱 ê 風力愈來愈強，有可能形成中度風颱。伊走 sóa ê 方向嘛 ǹg 台東 phiaⁿ 過來。中央氣象局已經 tī 下晡 4 點發布海上風颱警報，按算 tī 今仔日暗時 10 點會 koh 發佈陸上警報。伊 ê 暴風半徑達到 350 公里，所以到時全台灣攏會 hō 這个風颱罩 tiâu leh。這个風颱會 chah 來真厚 ê 雨水，嘛會造成土 chhoah 流 kap 海水倒灌，請 óa 近這寡所在 ê 徛家 ài 特別嚴防戒備，chiah bē 造成遺憾。

問題第 25 條：請問頂面這段演說，上有可能 tī 啥物場合出現？
　（A）學校上自然課（B）村里放送新聞
　（C）廣播電台報氣象（D）電視台報氣象

問題第 26 條：根據演說，請問這个風颱有可能 ùi tó-ūi 登陸台灣？
　（A）恆春（B）台中（C）台東（D）菲律賓

問題第 27 條：根據演說，請問講這段話 ê 時間上有可能幾點？
　（A）下晡 2 點（B）下晡 4 點（C）暗頭仔 6 點（D）暗時 10 點

問題第 28 條：根據演說，請問講話 ê 特別提醒蹛 tī 啥物所在 ê 人 ài 嚴防戒備？
　備？
　（A）山跤（B）土城（C）恆春（D）台東

【演說第二篇】

自從索敘爾（Saussure）做出語言 kap 言語 ê 區別了後，傳統 ê 語言學研究者猶原強調語言 ê 重要性；ah m̄-koh 語用學 ê 學者 kā 言語成做研究 ê 主體。也 tioh 是講：傳統研究者研究語言系統，注重 ê 是語音、文法、句型等語言結構規則；ah 語用學學者所注重 ê 是言語，tioh 是語言 ê 實際使用。

Tī 語言 ê 實際使用當中，一个語句有當時仔並 m̄是所有單詞 ê 意思組合，beh 了解句意，必需 ài 考慮著語句所使用 ê 情境。語言 ê 情境 kap 社會、文化、歷史有真大 ê 關係，éng-éng 會影響著話語 ê 真正意義。

Tī 語言實際交流 ê 過程當中，語言溝通者除了 óa-khò 符號系統，有當時仔嘛 ē-sái 使用非言語性 ê 符號，親像手勢、表情、笑聲等。另外，因為社會因素 ê cheng-chha，tī 語言使用嘛定定使用無全款 ê「語碼」（gí-bé），親像方言、烏話、流行話、行話等。

Tī 對話進行 ê 過程當中，除了需要有語言能力以外，另外 iáu-koh 需要交際能力。交際能力包括：第一，話語規則知識；第二，會曉使用適當 ê 言語行為，親像：會失禮、巴結；第三，照無全 ê 情境使用適當 ê 語言。

問題第 29 條：根據演說，對「語言 ê 實際使用」ê 論述，下面 tó 1 个選項是 tioh--ê？
（A）專門研究語言系統 ê 結構
（B）是傳統語言學 leh 研究 ê 課題
（C）kap 研究語言使用 ê 情境有關係
（D）專門研究單詞 kap 單詞 ê 組合規則

問題第 30 條：根據演說，「語言情境」是一種：
（A）符號系統（B）語法 ê 知識
（C）組合語句 ê 能力（D）理解句意 ê 因素

問題第 31 條：根據演說，tī 對話進行 ê 過程當中 koh 需要具備交際能力，是 teh 講 tó 1 項？
（A）適當 ê 言語行為（B）解釋語詞意義 ê 能力
（C）會曉比手勢（D）清楚表達語音正確性 ê 能力

問題第 32 條：根據演說，下面 tó 1 个選項是*無*正確 ê？
（A）交際能力是指正確 ê 語言能力
（B）非語言性 ê 符號嘛是溝通方式
（C）文化 hām 歷史 ê 因素 kap 溝通 ê 理解有關係
（D）無全「語碼」ê 使用是因為受著社會因素影響

【演說第三篇】

　　尪仔標是細漢時定定 teh sńg ê chhit-thô 物。尪仔標有幾若款 ê ī 法。上 kài 簡單 ê 有兩款。一款是文 ê，一款是武 ê。文 ī 就是园 tī 桌頂，一人提一寡尪仔標出來比輸贏，sńg ê 齣頭有 la̍k 十八骰仔（si̍p-pat tāu-á）、抽 khau 仔、牽銅錢仔，hia--ê 攏是 leh 比大細，一擺 tō 知枵飽，輸贏緊 koh 省 khùi-la̍t。

　　Ah 若武 ī，tio̍h ài 了 khùi-la̍t，伊嘛分做兩種，一種是 ī 大 ê，一種是 ī 細 ê。Ī 大 ê tō 是逐家出平濟尪仔標，規 tha̍h 园 tī 塗跤兜，指定其中一張做王，藏 tī 規 tha̍h 尪仔標 ê 中 ng，逐家輪流來 siàn，看 hit 張王 hō͘ 啥 siàn 出來，tō 算伊贏。Khah gâu siàn 尪仔標 ê，有當時仔一下出跤手，三兩輾半（saⁿ-nn̄g-liàn-pòaⁿ），tio̍h 贏 beh 規 ka-chù 仔。若是 ī 細 ê，輸贏真有限，ī 法是按呢，一人出一張 tī 塗跤 siàn，尪仔標 hông siàn péng 過 ê，tō ài 輸人一張。細漢 ê 時，阿母也定定簛仔 gia̍h--leh，庄頭庄尾按呢一直 jiok、一直揣，一直 hoah 講：「這个囡仔 nah 會 chiah-nī-á 放蕩，ī kah bē 記得 thang tńg 來洗浴、食暗、koh thang 好寫字。」

【洪錦田，2007 教育部朗讀文章】

問題第 33 條：根據演說，請問尪仔標 ê 文 ī 會當分做幾種？

（A）2 種（B）3 種（C）4 種（D）5 種

問題第 34 條：根據演說，有關尪仔標 ê ī 法，下面 tó 1 種 khah 緊輸贏、省 khùi-la̍t？

（A）比懸低（B）牽銅錢仔（C）siàn péng 過 ê（D）tha̍h 規 tha̍h 揣王

問題第 35 條：根據演說，下面 tó 1 个 *m̄是* 老母 gia̍h 簛仔揣囡仔 beh tńg 去厝 nih 做 ê 代誌？

（A）洗碗（B）食飯（C）寫字（D）洗身軀

問題第 36 條：根據演說，有關尪仔標 ê 描述，下面 tó 1 个選項正確？

（A）是逐个人細漢時 ê 共同 kì-tî

（B）siàn péng 過 ê，sńg 法省錢、省 khùi-la̍t

（C）會使 tī 桌頂 sńg，koh 會使 khû tī 土跤 sńg

（D）ī 法真濟，有揣王 ê、siàn péng 過 ê、比懸低 ê、抽 khau 仔 ê

【演說第四篇】

雞爪 siáu ê 病毒是挪威（*Norway*）醫生 *Hansen*（漢生）tī 1873 年所發現 ê，日本人 koh kā 伊叫做 thái-ko-pīn，西方 kā 治療雞爪 siáu ê 病院號做「漢生療養院」。雞爪 siáu 主要是 àn 呼吸道 sio-òe--ê，是一種慢性 ê 傳染病，m̄-koh 伊是傳染病內底 sio-òe 上 kài kē ê 一種。雞爪 siáu 病毒會侵入去人 ê 神經系統，koh 會 hō 人失去疼覺，造成皮膚病變 kap 跤手變形。

Tī 1901 年，台南新樓病院 ê 診療開始收雞爪 siáu ê 病人。雖然 1930 年日本總督府 tī 新莊設立「台灣總督府癩病療養所樂生院」，專門收 thái-ko-pīn ê 患者，m̄-koh 對患者 ná 親像對待戰犯仝款，kan 禁 kap 禁止結婚。

國民政府來台 ê 時陣，基本上延續日本人 ê 政策，對患者 ê 行動有所限制，m̄-koh 無禁止結婚，tī 1945 年 kā 台灣總督府 thai-ko-pīn 療養所樂生院改名做「台灣省立樂生療養院」。另外 tī 1954 年解除對患者 ê 強制隔離，無論是 tī 古早抑是現此時，台灣人對雞爪 siáu 患者猶是有真大 ê 誤解。

聯合國教科文組織委員西村幸夫講過，beh 爭取 kā 台灣省立樂生療養院列做世界遺產。M̄-koh 這項想法煞因為捷運新莊線 ê 動工，政府 kā 部分院區強制拆除來滅絕。

問題第 37 條：根據演說，有關「雞爪 siáu」ê 講法下面 tó 1 个選項正確？

（A）雞爪 siáu 會引起呼吸道 ê 病變

（B）雞爪 siáu 是一種急性 ê 傳染病

（C）雞爪 siáu 並 m̄是懸度傳染性 ê 病

（D）雞爪 siáu 會造成病人皮膚痛疼 kap 跤手變形

問題第 38 條：根據演說，針對「台灣省立樂生療養院」ê 論述，下面 tó 1 个選項 ê 講法正確？

（A）Bat kan 禁過雞爪 siáu 患者

（B）是國民政府來台了後所創立 ê

（C）Bat hō 聯合國列做世界遺產來保護

（D）因為起捷運 ê 關係全院 hông 強制拆除

問題第 39 條：根據演說，針對「雞爪 siáu 患者」ê 講法，下面 tó 1 个選項 ***無***正確？

（A）到 taⁿ 猶是 hông 看無 bảk-tē

（B）大多數 ê 病人攏因為空氣 òe 病 ê

（C）現此時行動已經自由並無受著限制

（D）Tī 早前，日本政府 kap 國民政府攏 kā in kaⁿ 禁 koh 禁止結婚

問題第 40 條：根據演說，下面 tó 1 項講法正確？

（A）Thái-ko-pīⁿ koh hō 日本人叫做雞爪 siáu

（B）新樓病院 kap「台灣省立樂生療養院」無直接關係

（C）Tī 西方治療雞爪 siáu ê 所在 koh 叫做「樂生療養院」

（D）雞爪 siáu 是挪威醫生 tī 日本所發現 ê 一種會 òe--lâng ê 病

聽力測驗 難題解答

（a）對話選擇題

【對話第五段】

男：阿芬來，叫「阿 kīm」。

女：Ah 咱 to 猶 bē 結婚，按呢叫--我，人會歹勢 lah。

問題第 5 條：請問對話中阿芬 ài 叫查埔 ê 啥物？
（A）阿兄（B）阿叔（C）阿舅（D）姨丈

⊙說明：答案是（C）
　　　　阿 kīm ê 翁婿 tō 是咱 ài 叫阿舅。

【對話第八段】

秀枝：進財仔，我喙焦 kah，lín 有滾水 thang lim 無 ah？

進財：秀枝仔，這罐 táⁿ--你。

秀枝：這罐水 600cc ài 10 箍，人 he 汽油 1,000cc 嘛 chiah 20 外箍 niâ。Koh 再講，製造這罐水 tiȯh ài 消磨足濟資源 kap 能源，對地球真 sńg-tīg，罐仔水 tek 確是貴 koh 無環保！Lim 罐仔水 m̄ 是現代文明人做 ê 代誌。你 kám 知影，人澳洲 tī 2009 年 7 月已經有一个鄉鎮規定講，禁止買賣罐仔水 ah neh？

進財：按呢真歹勢，我猶是 thîn 茶 kó͘ ê 冷滾水 hō͘ 你 lim。

秀枝：按呢 m̄-chiah 是 21 世紀標準 ê 地球人。保護地球逐家來，減少碳酸（thòaⁿ-sng）chiah 應該；保全生態頭項代，生態跤跡 m̄-thang 烏白開。

問題第 8 條：根據對話，下面 tó 1 个講法正確？
（A）罐仔水是衛生環保 ê 產物
（B）罐仔水 kiông beh 比汽油 khah 貴
（C）做一个文明人 ài 加消費碳酸產品
（D）澳洲是世界第一个賣罐仔水 ê 國家

⊙說明：答案是（B）
　　　　選項（A）是罐仔水貴 koh 無環保。（C）是文明人 khah mài 消費碳酸產品。（D）是禁止買賣罐仔水。

問題第 9 條：根據對話，下面 tó 1 个選項 khah 適當？

（A）秀枝仔 beh kā 人討滾水 lim

（B）進財仔比秀枝仔 khah 有環保意識

（C）秀枝仔 khah ài 人 lim 罐裝 ê 冷滾水

（D）進財仔 khah ài 人 lim 茶 kó͘ ê 冷滾水

⊙說明：答案是（A）

選項（B）是秀枝仔比進財仔 khah 有環保意識。（C）是 khah 無 ài。
（D）是秀枝仔 chiah tiòh。

問題第 10 條：根據對話，下面 tó 1 个描述 khah 無理路？

（A）茶 kó͘ ê 滾水比罐仔水 khah 好 lim

（B）Chau-that 地球是罐仔水另外一个特點

（C）罐仔水比茶 kó͘ ê 滾水 khah phah-sńg 能源

（D）做一个標準 ê 地球人，代先 ài 會曉保護生態

⊙說明：答案是（A）

這條是揀 khah 無理路 ê 選項，m̄是茶 kó͘ ê 滾水比罐仔水 khah 好 lim
chiah ài 人 mài lim 罐仔水。選項（B）（C）（D）ê 講法攏是 tiòh--ê。

【對話第十段】

男：借問 leh，建國國小按怎行？

女：這條路 ǹg 南行，thǎu~ 50 公尺到一條 sih 黃燈 ê 巷仔，kā 正 oàt，行 chīn-pōng
tō 是建國 ê 大門 ah。

問題第 12 條：根據對話，下面 tó 1 項正確？

（A）查某 ê m̄-bat 去過建國國小

（B）In 講話 ê 所在 tī 建國國小內底

（C）建國國小 tī 大路邊，真好揣

（D）建國國小大門 kap 一條巷仔正沖

⊙說明：答案是（D）

選項（A）是查埔 ê m̄-bat 去過建國國小。（B）in 講話 ê 所在 tī 建國
國小外口。（C）m̄是 tī 大路邊。

【對話第十二段】

阿明：阿娟，你 chit-má kap 囡仔講話攏 ài 用台語 oh。

阿娟：是按怎 hioh！哪會 hiông-hiông teh 講 che。

阿明：你看頂懸 hit 條電子批，聯合國教科文組織（UNESCO）發佈上新 ê 面臨危機語言報告，台灣攏總有 24 種語言 hông 列入去烏名單內底。Tī 這份報告內底，照 in 面臨危機 kap 絕滅 ê 程度，分做 5 个等級。

阿娟：Ah 是按怎分？咱台語列 tī tó 1 級？

阿明：第一叫做「無安全」：大部分 ê 囡仔會當講這種語言，但是 kan-na 限 tiāⁿ tī 特定 ê 所在，像：家庭。第二叫做「明顯危機」：囡仔 tī 厝 nih 無 koh 學習這種語言。第三叫做「嚴重危機」：Kan-na 阿公阿媽這个世代講這種語言，父母世代聽有，但是無 teh 講。第四叫做「極度危機」：阿公阿媽這个世代嘛真少 teh 講 ah。第五叫做「絕滅」：Tō 是攏無人會曉講 ah。你看台語應該列入去 tó 1 級？

阿娟：Taⁿ 害 ah！Chit-má ê 囡仔 kan-na tī 台語課學，厝 nih 爸母攏無 teh 教。

問題第 14 條：根據對話，五種語言危機 ê 定義，下面 tó 1 个講法正確？

（A）「無安全」這級是講：囡仔 ê 族語講 bē 標準
（B）「明顯危機」這級是講：囡仔 bē 曉講嘛聽無這種語言
（C）「極度危機」這級是講：阿公阿媽這个世代嘛少 teh 用這種語言對話
（D）「嚴重危機」這級是講：kan-na 阿公阿媽這个世代講這種語言，父母世代聽有 bē 曉講

⊙說明：答案是（C）

選項（A）應該是囡仔會當講，m̄-koh kan-na 限 tiāⁿ tī 特定 ê 所在。（B）是囡仔無 koh 學習這種語言。（D）是父母世代聽有無 teh 講，m̄是 bē 曉講。

問題第 15 條：根據對話，阿娟認為台語應該列入去 tó 1 級？

（A）無安全（B）明顯危機（C）嚴重危機（D）極度危機

⊙說明：答案是（B）

根據對話阿娟講：「Chit-má ê 囡仔 kan-na tī 台語課學，厝 nih 爸母攏無 teh 教。」Tō 是囡仔 tī 厝 nih 無 koh 學習這種語言，按呢是「明顯危機」這級。

問題第 16 條：根據對話，in 上有可能 ùi 啥物所在得著「聯合國教科文組織 」發佈 ê 消息？

（A）報紙（B）電視（C）網路（D）雜誌

⊙說明：答案是（C）

對話講：「你看頂懸 hit 條電子批」，所以上有可能 ùi 網路提著消息 ê。

【對話第十六段】

阿清：阿純，巷仔口正仔 in 兜有人過往去，是查埔 ê 抑是查某 ê。

阿純：清仔，ah 你 tú-á m̄是 ùi hia 過，kám 看 bē 出來。

阿清：看是有看 lah，ah to 攏無寫 neh，kap 頂 hoan-á teh 辦 lín 爸仔阮丈人 ê 時攏無仝 neh；有看正仔 kap 後生 tī 路頭 kā 一個無熟似 ê 老大人跪，hit 個老人真久 chiah kā in 牽起來。

阿純：He 叫做「接外家」。Ah koh 有看著啥？

阿清：Koh 有看著幾个 chău-á 人，用爬 ê 哭入去，有 ê 哭 kah 暈暈死死去，有 ê 哭 kah 足大聲煞無看半滴目屎。

阿純：莫怪 hông keng-thé 做「新婦哭禮數，查某囝哭腸肚」。

問題第 20 條：根據對話，下面 tó 1 个講法正確？

（A）阿清 in 阿母過身 ah（B）阿純 in 阿母過身 ah

（C）阿清 in 阿爸百歲年老 ah（D）阿純 in 阿爸百歲年老 ah

⊙說明：答案是（D）

選項（A）kap（B）攏 m̄-tio̍h，是正仔 in 阿母過身。（C）m̄是阿清 in 阿爸百歲年老 ah，是阿純 in 阿爸。

問題第 21 條：根據對話，下面 tó 1 个選項上有可能？

（A）正仔 in 爸仔過往去（B）正仔 in 母仔過往去

（C）正仔 in chău-á 人過往去（D）正仔 in 丈人爸仔過往去

⊙說明：答案是（B）

對話內底講著正仔 in 兜有人過往去，m̄-koh kap 阿純 in 爸仔過往去辦 ê 時無仝，所以過往 ê 應該是 cha-bó͘--ê，koh 有講著「接外家」，所以上有可能是（B）正仔 in 母仔過往去。

問題第 22 條：根據對話，下面 tó 1 个描述正確？

（A）正仔 kap 後生 kā in 無熟似 ê 老大人跪

（B）阿清有看著死者 ê 新婦哭 kah 暈暈死死去

（C）阿純有看著死者 ê 查某囝哭 kah 暈暈死死去

（D）有人看著哭 kah 真大聲，無流半滴目屎 ê chău-á 人

⊙說明：答案是（D）

選項（A）是 kap 阿清 in 無熟似 ê。（B）阿清看著 ê chău-á 人毋知 kám
是死者 ê 新婦。（C）阿純無看著。

（b）演說選擇題

【演說第二篇】

　　自從索敘爾（*Saussure*）做出語言 kap 言語 ê 區別了後，傳統 ê 語言學研究者猶原強調語言 ê 重要性；ah m̄-koh 語用學 ê 學者 kā 言語成做研究 ê 主體。也 tiòh 是講：傳統研究者研究語言系統，注重 ê 是語音、文法、句型等語言結構規則；ah 語用學學者所注重 ê 是言語，tiòh 是語言 ê 實際使用。

　　Tī 語言 ê 實際使用當中，一个語句有當時仔並 m̄ 是所有單詞 ê 意思組合，beh 了解句意，必需 ài 考慮著語句所使用 ê 情境。語言 ê 情境 kap 社會、文化、歷史有真大 ê 關係，éng-éng 會影響著話語 ê 真正意義。

　　Tī 語言實際交流 ê 過程當中，語言溝通者除了 óa-khò 符號系統，有當時仔嘛 ē-sái 使用非言語性 ê 符號，親像手勢、表情、笑聲等。另外，因爲社會因素 ê cheng-chha，tī 語言使用嘛定定使用無全款 ê「語碼」（gí-bé），親像方言、烏話、流行話、行話等。

　　Tī 對話進行 ê 過程當中，除了需要有語言能力以外，另外 iáu-koh 需要交際能力。交際能力包括：第一，話語規則知識；第二，會曉使用適當 ê 言語行爲，親像：會失禮、巴結；第三，照無全 ê 情境使用適當 ê 語言。

問題第 29 條：根據演說，對「語言 ê 實際使用」ê 論述，下面 tó 1 个選項是 tiòh--ê？
（A）專門研究語言系統 ê 結構
（B）是傳統語言學 leh 研究 ê 課題
（C）kap 研究語言使用 ê 情境有關係
（D）專門研究單詞 kap 單詞 ê 組合規則

⊙說明：答案是（C）
　　　　選項（A）是言語 m̄ 是結構。（B）是語用學學者。（D）m̄ 是專門研究單詞 kap 單詞 ê 組合規則。

問題第 30 條：根據演說，「語言情境」是一種：
（A）符號系統（B）語法 ê 知識
（C）組合語句 ê 能力（D）理解句意 ê 因素

⊙說明：答案是（D）
　　　　選項（A）（B）（C）攏是研究語言系統 ê 結構 m̄ 是語言情境。

問題第 31 條：根據演說，tī 對話進行 ê 過程當中 koh 需要具備交際能力，是
teh 講 tó 1 項？

（A）適當 ê 言語行為（B）解釋語詞意義 ê 能力

（C）會曉比手勢（D）清楚表達語音正確性 ê 能力

⊙說明：答案是（A）

　　根據演說，「Tī 對話進行 ê 過程當中，除了需要有語言能力以外，另
外 iáu-koh 需要交際能力。交際能力包括：1.話語規則知識；2.會曉使
用適當 ê 言語行為（親像：會失禮、巴結）；3.照無全 ê 情境使用適
當 ê 語言。」所以答案是（A）。（B）kap（D）講 ê 是語言能力。（C）
是使用非言語性 ê 符號 ê 能力。

問題第 32 條：根據演說，下面 tó 1 个選項是**無**正確 ê？

（A）交際能力是指正確 ê 語言能力

（B）非語言性 ê 符號嘛是溝通方式

（C）文化 hām 歷史 ê 因素 kap 溝通 ê 理解有關係

（D）無全「語碼」ê 使用是因為受著社會因素影響

⊙說明：答案是（A）

　　這條是揀**無**正確 ê，選項（A）正確 ê 語言能力 m̄ 是交際能力。選項
（B）（C）（D）攏 tiȯh。

【演說第四篇】

　　雞爪 siáu ê 病毒是挪威（*Norway*）醫生 *Hansen*（漢生）tī 1873 年所發現 ê，日本人 koh kā 伊叫做 thái-ko-pīⁿ，西方 kā 治療雞爪 siáu ê 病院號做「漢生療養院」。雞爪 siáu 主要是 àn 呼吸道 sio-òe--ê，是一種慢性 ê 傳染病，m̄-koh 伊是傳染病內底 sio-òe 上 kài kē ê 一種。雞爪 siáu 病毒會侵入去人 ê 神經系統，koh 會 hō 人失去疼覺，造成皮膚病變 kap 跤手變形。

　　Tī 1901 年，台南新樓病院 ê 診療開始收雞爪 siáu ê 病人。雖然 1930 年日本總督府 tī 新莊設立「台灣總督府癩病療養所樂生院」，專門收 thái-ko-pīⁿ ê 患者，m̄-koh 對患者 ná 親像對待戰犯全款，kaⁿ 禁 kap 禁止結婚。

　　國民政府來台 ê 時陣，基本上延續日本人 ê 政策，對患者 ê 行動有所限制，m̄-koh 無禁止結婚，tī 1945 年 kā 台灣總督府 thái-ko-pīⁿ 療養所樂生院改名做「台灣省立樂生療養院」。另外 tī 1954 年解除對患者 ê 強制隔離，無論是 tī 古早抑是現此時，台灣人對雞爪 siáu 患者猶是有真大 ê 誤解。

　　聯合國教科文組織委員西村幸夫講過，beh 爭取 kā 台灣省立樂生療養院列做世界遺產。M̄-koh 這項想法煞因為捷運新莊線 ê 動工，政府 kā 部分院區強制拆除來滅絕。

問題第 37 條：根據演說，有關「雞爪 siáu」ê 講法下面 tó 1 个選項正確？
（A）雞爪 siáu 會引起呼吸道 ê 病變
（B）雞爪 siáu 是一種急性 ê 傳染病
（C）雞爪 siáu 並 m̄是懸度傳染性 ê 病
（D）雞爪 siáu 會造成病人皮膚痛疼 kap 跤手變形

⊙說明：答案是（C）
　　　　選項（A）是 àn 呼吸道 sio-òe--ê，m̄是會引起呼吸道 ê 病變。（B）是慢性 ê 傳染病。（D）是造成皮膚病變（piàn）m̄是痛疼。

問題第 38 條：根據演說，針對「台灣省立樂生療養院」ê 論述，下面 tó 1 个選項 ê 講法正確？

（A）Bat kaⁿ 禁過雞爪 siáu 患者

（B）是國民政府來台了後所創立 ê

（C）Bat hō 聯合國列做世界遺產來保護

（D）因爲起捷運 ê 關係全院 hông 強制拆除

⊙說明：答案是（A）

選項（B）是 1930 年日本總督府 tī 新莊設立，國民政府 kā 改名。（C）是 beh 爭取，bóe-á 無成。（D）是部分院區強制拆除。

問題第 39 條：根據演說，針對「雞爪 siáu 患者」ê 講法，下面 tó 1 個選項 **無** 正確？

（A）到 taⁿ 猶是 hông 看無 ba̍k-tē

（B）大多數 ê 病人攏因爲空氣 òe 病 ê

（C）現此時行動已經自由並無受著限制

（D）Tī 早前，日本政府 kap 國民政府攏 kā in kaⁿ 禁 koh 禁止結婚

⊙說明：答案是（D）

這條是揀無正確 ê，選項（A）（B）（C）攏 tio̍h。（D）國民政府無禁止結婚，所以 m̄-tio̍h。

問題第 40 條：根據演說，下面 tó 1 項講法正確？

（A）Thái-ko-pīⁿ koh hō 日本人叫做雞爪 siáu

（B）新樓病院 kap「台灣省立樂生療養院」無直接關係

（C）Tī 西方治療雞爪 siáu ê 所在 koh 叫做「樂生療養院」

（D）雞爪 siáu 是挪威醫生 tī 日本所發現 ê 一種會 òe--lâng ê 病

⊙說明：答案是（B）

因爲新樓病院是收雞爪 siáu ê 病人。選項（A）是日本人 kā 雞爪 siáu 叫做 thái-ko-pīⁿ。（C）是叫做「漢生療養院」。（D）m̄ 是 tī 日本發現 ê。

口語測驗 參考答案

（a） 看圖講古

【第1條】

⊙ **參考答案：**

　　福德里廟埕 ê 樹仔跤，平時人攏 kài 愛 tī hia 活動。穿青衫 ê 查埔人坐 tī 石椅仔頂 kap 穿白衫 ê，ná lim 茶 ná 開講話仙。伊講 kah koh 會比手畫刀，in 2 个有講有笑。Tī in 邊仔有坐 2 个人 kā kî-jí 盤 khǹg tiàm 石桌仔頂，chiâⁿ 注神 teh 行棋。這盤棋 ká-ná 烏頭毛 ê khah 有贏面 ê 款，穿 khóng--ê 淺拖 ê tiòh ài 想一下 ah。有 1 个坐 tī 籘椅 hia teh tuh-ku，看伊睏 kah 喙仔開開開，kài 落眠 ê 款。有 1 个穿台灣衫 ê 阿伯坐 tī 椅頭仔 hia teh e 殼仔絃，看起來阿伯 e 了 chiâⁿ 熟手，坐 tī 伊邊仔穿角格仔 ê 少年人 teh 彈月琴，in 2 个 leh 合奏。

【第 2 條】

⊙ 參考答案：

　　天光 ah，囡仔 hō͘阿母叫起來了，soah tī hia mah-mah háu。伊頭 gông-gông、額頭燒燒，人真無爽快。阿母 sûi tō 提度針 kā 度看 māi。Oah！38 度，發燒 ah。

　　阿母先 khà 電話去學校 kā 老師請假。接電話 ê 是建台國小教務處 ê 人。阿母拜託伊 kā 囡仔 in 老師講，講囡仔 teh 發燒 beh 請假。

　　Khà 電話去學校 kā 老師請假好勢了，阿母 tō chhōa 囡仔去「mo͘h 咧燒診所」hō͘醫生看。

　　囡仔 hō͘醫生看了，先留 tiàm 診所治療。囡仔目睭 kheh-kheh 倒 tī 病床 teh 吊大筒。阿母坐 tī 伊 ê 邊仔，手 hōaⁿ 囡仔 ê 手 teh kā 顧，看起來 iáu koh kài 煩惱。

（b）朗讀測驗

【第 1 篇】

⊙ **參考答案**：參考聲音檔案。

【第 2 篇】

⊙ **參考答案**：參考聲音檔案。

（c）口語表達

【第 1 條】

就你所知 ê，有啥物行業需要會曉台語 ê 人才？理由是啥物？

⊙ **參考答案**：

就我知影 ê，tī 台灣，士農工商攏需要會曉台語 ê 人才。我 ê 理由會使用下底幾項來講。代先咱先講做老師 ê，chit-má 學校攏有台語課，ài 會曉台語 ê 人來教。醫護人員 koh khah ài 會曉台語，因為 tú-tiòh ê 患者 kài 濟是年紀 khah 大 ê，in 聽無 sáⁿ 有華語。醫護人員若是 beh kā 患者講 in ê 症頭，抑是 beh kā in 說明治療 ê 過程，若 bē-hiáu 台語 ê，按呢 teh 溝通 ê 時會有誤解，有時 koh 會像鴨仔聽雷。按呢 beh 按怎叫患者配合治療 leh。

Sòa 落來是公務人員，mā 是需要會曉台語 ê，因為服務 ê 對象是民眾。若是 tn̄g-tiòh bē-hiáu 華語 ê 民眾去辦代誌，按呢 tō chiâⁿ oh 服務 ah。有時講了人聽無，koh 會歹聲嗽、起冤家。

上尾仔 tō 是服務行業，親像高鐵、台鐵、客運、旅行社 kap 航空公司 ê 櫃台人員，koh 有導遊 chia--ê，in mā 會 tú-tiòh kan-na 會曉台語 ê 人客。Chit-má tō 有航空公司 beh chhiàⁿ 空中小姐，面試 ê 時 ài 考台語 leh。Koh 像餐廳、賣場 ê 服務人員，抑是走業務 ê，嘛是會 tiāⁿ-tiāⁿ tn̄g-tiòh ài 用台語對話 ê 時。按呢 m̄-nā 講 khah 會知，koh 會使 hō 人客感覺 khah 親切，seng-lí beh 成嘛 khah 有機會。所以就我知影 ê，ài kap 人 chih-chiap ê 行業，tō 需要會曉台語 ê 人才。

【第 2 條】

　　一般研究認爲公共藝術 ài 具備永久性、專業性、提倡民眾參與、配合當地 ê 人文、歷史 kap 社會活動等特性。請紹介一个你所知影 ê 公共藝術作品。

⊙ 參考答案：

　　我知影 ê 公共藝術作品是林仔邊火車頭頭前 ê 蓮霧意象雕塑作品，kap 蓮霧形 ê 椅仔，是在地 ê 藝術家林壽山先生創作 ê。

　　因爲蓮霧是林仔邊有名聲 ê 農產品，chia 種 ê 烏真珠蓮霧名聲是 chhèng 規台灣 ê。用藝術作品 kā 在地上出名 ê 產業文化展現出來，oân-nā 替農民行銷蓮霧，oân-nā hō 外位仔來 ê 人認 bat 這个所在 ê 人文 kap 社會活動，會使講是「一兼二顧，摸 lâ-á 兼洗褲。」

　　咱若去林仔邊火車頭，sûi 看會著這个紅 kòng-kòng ê 色水；簡單 ê 蓮霧外形；鋼枋 ê 材質，規个設計 chiân 有現代感，hông 看著 tō sûi 知影是代表蓮霧 ê 藝術作品，毋免 koh chhāi 牌仔說明。邊仔 koh 有蓮霧形 ê 椅仔，坐 leh 嘛會想著有夠好食 ê 烏真珠蓮霧。Chiân 簡單、清楚，配合在地 ê 人文、歷史 kap 社會活動 ê 特性，確實是真讚 koh súi ê 公共藝術作品。

　　我想，kài 重要 ê 是 chhiàn 在地 ê 藝術家來設計，chiah 會當 kā 在地 ê 產業文化 kap 內涵呈現出來。透過 chiah ê 公共藝術作品行銷鄉鎮，嘛 hō 在地人種作蓮霧 ê 過程，chiân-chò 在地文史 ê 跤跡。

IV
試題解答
（TL／台羅版）

閱讀測驗　難題解答

（a）詞彙 kap 語法

7. 「阿峰 in 兜＿＿＿巷仔底 ê 尾仔第 3 間。」請問空格仔內揀 tó 1 个上適當？

　　（A）kiā（B）tshāi（C）tuà（D）khǹg

◎解答：答案是（C）

　　　　這條是問 in 兜，選項（A）（B）（D）攏無按呢講。

11. 「你 beh 去 hit 間冊店，uì tsia 向北直直行，經過 3 个青紅燈 ê tò-pîng 第 3 間 tō 是 ah。」請問冊店 ê 店面可能向 tó 1 pîng？

　　（A）東（B）西（C）南（D）北

◎解答：答案是（A）

　　　　向北直直行，過 3 个青紅燈，hit ê 人嘛是 koh 向北，冊店 tī tò 手 pîng 第 3 間嘛是 koh tī hit 條路 ê 路面，是 khiā 西 pîng，án-ne 冊店 ê 店面會向東。

15. 「這 tsuí ê 稻仔稻穗 suê-suê-suê，看起來真＿＿＿ê 款。」請問空格仔內揀 tó 1 个上適當？

　　（A）tshoo-phoh（B）tsiu-tsì（C）sok-kiat（D）pá-tīnn

◎解答：答案是（D）

　　　　稻仔稻穗 suê-suê-suê，表示粟仔生做 kài pá-tīnn。選項（A）tshoo-phoh 是講骨格粗勇。（B）是逐項攏顧有著 ê 意思。（C）是 sè m̄-koh tsiânn 結實。

18. 「你 bē 博假博，＿＿＿koh 興啼，歸身軀攏死了了，kan-na tshun 一支喉，實在 hōo 人足失望。」請問空格仔內揀 tó 1 个上適當？

　　（A）大目（B）大舌（C）大喉（D）大膽

◎解答：答案是（B）

　　　　大舌 koh 興啼是一句俗語。

21.「阿國仔真愛 kā 人創治，做人真白目 koh 手 tshìng，庄 nih ê 人攏講伊真____。」請問空格仔內揀 tó 1 个上適當？

（A）ṅg-tňg（B）tsih-tsuh（C）àng-tōo（D）áng-láng

◎解答：答案是（B）

　　（A）ṅg-tňg 是講人鐵齒、固執。（B）根據成大《語詞分級寶典》ê 解說，tsih-tsuh 是創治人 ê 意思。（C）àng- tōo 是講人自私、腹腸 èh。（D）áng-láng 是講人無分是非、bē 清楚代誌 ê 道理。

25.「厝搬規工，____。」請問下面 tó 1 个 **無**符合台語 ê 白話講法？

（A）hōo 我 thiám kah 話攏講 bē 出來（B）讓我 thiám kah 話講 bē 出來
（C）thiám kah 我話攏講 bē 出來（D）我 thiám kah 話攏講 bē 出來

◎解答：答案是（B）

　　這條是 beh 揀 **無符合**台語 ê 白話講法，（B）ê「讓我」是華語 ê 講法 m̄是台語。Tshun--ê（A）（C）（D）攏有合台語 ê 講法。

26.「____無運動 ê 人，bē 堪得 hiông-hiông giâ tsiah 粗重。」請問空格仔內揀 tó 1 个上適當？

（A）永過（B）pōo-pîn（C）pōo-pōo（D）永年

◎解答：答案是（B）

　　選項（A）永過是以早 ê 意思。（B）pōo-pîn 是平常 ê 意思。（C）pōo-pōo 是逐項 ê 意思。（D）永年是以早 ê 意思。

27.「這个囡仔足固執，講攏講 bē 聽，一定 ài 照伊 ê 意思做 tsiah 會使，實在真____。」請問空格仔內揀 tó 1 个上適當？

（A）ṅg-tňg（B）àng-tōo（C）sí-sng（D）ńg-sng

◎解答：答案是（A）

　　選項（A）ṅg-tňg 是鐵齒、拗蠻 ê 意思。（B）àng-tōo 是自私、腹腸 èh ê 意思。（C）sí-sng 是看起來營養不良 ê 意思。（D）ńg-sng 嘛是看起來營養不良 ê 意思。

28. 請問下面 tó 1 个語詞加「仔」liáu-āu 意思會改變上大？

（A）圓（B）雞（C）樹（D）桌

◎解答：答案是（A）

（A）圓是形容詞，加「仔」pìnn 做圓仔是名詞，意思無全。Tshun--ê
（B）（C）（D）加「仔」liáu-āu 相全是原本指 ê hit 項。

29. 「這期 ê 學生比頂一期加真少。」請問 kap 下面 tó 1 句 ê 意思相全？

（A）這期 ê 學生有加淡薄仔（B）這期 ê 學生有減淡薄仔
（C）這期 ê 學生加足濟（D）這期 ê 學生減足濟

◎解答：答案是（D）

「加真少」意思是減足濟。（A）是學生有加。（B）是學生減 khah
少寡。（C）是加足濟。

30. 「實驗做了，用過 ê 物件、ke-si、電線、廢料，攏 ài khioh hōo ＿＿＿。」
請問空格仔內揀 tó 1 个上適當？

（A）tsat-tsinn（B）pih-tsah（C）siap-tiap（D）lóh-láu

◎解答：答案是（C）

選項（A）是堅實 ê 意思。（B）是穿衫打扮整齊 ê 意思。（C）根據
教育部《台灣閩南語常用詞辭典》ê 解說是：物件 khng kah 真整齊
ê 意思。（D）是融合 ê 意思。

33. 「潤餅 kauh」kap「蚵仔煎」ê 語詞結構相全，請問下面 tó 1 个嘛有相全
ê 結構？

（A）螺絲絞（B）雞卵糕（C）紅毛塗（D）排骨酥

◎解答：答案是（A）

「潤餅 kauh」kap「蚵仔煎」ê 語詞結構 lóng 是「名詞+動詞」，答案
內底 kan-na「（A）螺絲絞」有合。選項（B）雞卵糕 kap（C）紅毛
塗攏是 1 个 複合名詞。（D）排骨酥是「名詞+形容詞」。

35. 語意學中所謂「有標記」ê 詞，通常 buē 使用 tī 一般自然話語內底。比論講，一般情形之下 beh 問人身材、體格 ê 時，咱會講：「你偌『懸』？體重偌『重』？」tō buē 講：「你偌『矮』？體重偌『輕』？」所以，『懸』kah『重』是自然詞，『矮』kah『輕』是標記詞。請問 tú 熟似 ê 人 teh 開講 ê 時，下面 tó 1 个是自然詞 ê 表達方式？

（A）你 kám 離婚 ah？（B）你 kám 獨身 ah？

（C）你 kám 羅漢跤 ah？（D）你 kám 結婚 ah？

◎解答：答案是（D）

　　選項（B）ê「獨身」kap（C）ê「羅漢跤」是標記詞；tú 熟似 ê 人 teh 開講 ê 時 bē kâng 問（A）ê 選項。

36. 請問下面 tó 1 句俗諺用 tī leh 形容：「急性 gâu 受氣 ê 人，若好好仔 kap 伊講道理，嘛是會 hông 講 tit。」ê 情境上適當？

（A）橫人理路直（B）紅面 ê 緊落籠

（C）臭 kê koh m̄ 除 ńg（D）尻川坐米甕，雙手抱錢筒

◎解答：答案是（B）

　　選項（A）是橫霸 ê 人講理嘛有伊 ê 一套理路。（C）意思是品質 bái koh m̄ lak 價數。（D）意思是好額，生活無欠缺。

（b）閱讀理解

【第一篇】

　　Columbus tī 1492 年 8 月初 3 uì 西班牙出發，仝年 10 月 12 到美洲 ê *Bahamas* 群島，1493 年 3 月 15 tńg 來西班牙。伊所寫 ê《航海日誌》，記錄每一工 tī 海上 tn̄g--tio̍h ê 情況 kap 新大陸所發現 ê 代誌。*Columbus* 首航艦隊由 3 隻帆船：*Santa Clara*、*Santa Maria* kap *Pinta* 所組成。

　　事實，美洲無需要任何人去發現。早 tō tī 冰河時期，海水面落降，*Bering* 海峽變成陸地，人類就已經 tuì 當時 ê 亞洲大陸行到美洲。幾千年來，tuà tī 美洲大陸 ê 印第安人 tī 中、南美洲已經建立某種規模 ê 社會。一般人所講 ê *Columbus* 發現新大陸，he 是 khiā tī 歐洲人 ê 角度 teh 講 ê。

　　這幾年來，愈來愈濟 ê 考古發現，hōo 真濟人開始相信北歐 ê *Vikings* 族早 tō 發現美洲。甚至有人提出古早中國人鄭和 ê 船隊 tī 1421 年 tō 發現美洲大陸，親像 *Gavin Menzies* ê《1421：中國發現世界》這本冊，m̄-koh 猶是無法度證實。毋管按怎，歐洲人普遍認為 *Columbus* 是第一个發現美洲大陸 ê 人。

☺ 請根據頂面文章回答問題：

37. 請問下面 tó 1 个講法正確？

（A）作者認為 *Columbus* 是第一个發現美洲 ê 人

（B）*Columbus* tuì 西班牙出發會先經過 *Bering* 海峽 tsiah 到美洲

（C）鄭和 ê 船隊 bat 行到西班牙

（D）考古 ê 證據講 *Vikings* 族真早就發現美洲

◎解答：答案是（D）

　　　選項（A）是歐洲人普遍認為 ê。（B）無經過 *Bering* 海峽。（C）文章無講著。

38. 請問下面 tó 1 个講法正確？

（A）鄭和 ê 船隊上早發現美洲大陸

（B）印第安人上早發現美洲大陸

（C）*Vikings* 族上早移民美洲大陸

（D）西班牙人上早移民美洲大陸

◎解答：答案是（B）

　　　選項（A）kap（C）猶無法度證實。（D）m̄-tio̍h。（B）幾千年來，tuà tī 美洲大陸 ê 印第安人 tī 中、南美洲已經建立某種規模 ê 社會，所致根據頂面文章是印第安人上早發現美洲大陸。

39. 請問 *Columbus* uì 西班牙出發去美洲到 tńg--lâi 西班牙，量其約偌久 ê 時間？

（A）6 個月

（B）8 個月

（C）10 個月

（D）12 個月

◎解答：答案是（B）

1492 年 8 月初 3~1493 年 3 月 15 大約 8 個月。

【第二篇】

　　第二工透早，十月 ê 日頭出來進前，我已經起床，而且行過曠地 kap 樹林。十月 ê 透早 bē siunn 冷嘛 bē siunn 熱，日出 ê 景象是足壯觀 ê。Thàng 過一片白霧，日頭 tuì 朦霧 ê 山跤，沉重 giâh 起肩胛頭。Tī 伊 ê 目睭前，朦霧 tàuh-tàuh-á 沉落去 lak kàu 塗跤，suà 落來化做一絲一絲消散去。Tī 草埔地、大石頭跤 ê 一寡仔所在 koh 有霧氣 teh 徙徊，m̄-koh 每一粒山 ê pān-thâu suah 一個一个走出來。

　　樹林仔一層接一層，ná 親像 mua tī tú-á hōo 人叫醒 ê 山頭 ê 棕簑，hiah-nī 威嚴，hōo 人想起狂風暴雨。秋天成熟 ê 手已經 teh 偷偷仔 kā in 摸 ah，in tuè 秋天報頭若到，變化做金黃、火紅 kap 青色。In 對日出 ê 喜樂，親像是 beh 奉獻 hōo 一個新郎，koh khah 親像是 beh 奉獻 hōo 一个尊者全款。

【譯自：Richard D. Blackmore〈An October Sunrise〉】

☺ 請根據頂面文章回答問題

40. 請問下面「」內 ê 名詞 tó 1 个是用譬喻 ê 手路？

（A）In 對日出 ê 喜樂，親像是 beh 奉獻 hōo 一个「新郎」

（B）In tuè「秋天」ê 報到，變做金黃、火紅 kap 青色 ê

（C）樹林一層接一層，ná 親像 thâu-tú-á hōo 人叫醒 ê 山 ê「棕簑」

（D）透過一片「白霧」，日頭 tuì 朦霧 ê 山跤，沉重 giâh 起肩胛頭

◎解答：答案是（C）

選項（A）（B）（D）「」內底 ê 名詞攏 m̄ 是譬喻。（C）「棕簑」是用棕樹 ê 葉仔，曝焦 liáu-āu 落去做 ê，棕簑 leh 做 ê 時，因為 ài 會 jia 雨 koh bē-sái hōo 雨水 kā 身軀 tòo tâm，所致是一層一層 thàh--khit-khì ê，按呢有 sîng 發 tī 山頭 he 一層一層 ê 樹林，這款 tsiânn tàu-tah ê 形容，咱講伊是譬喻。

41. 根據本文，「Tī 伊 ê 目睭前，朦霧漸漸沉落去」文中 ê「伊」是指 siáng？
   （A）山
   （B）我
   （C）作者
   （D）日頭

◎解答：答案是（D）
   文章頭 1 段有講：「日頭 tuì 朦霧 ê 山跤，沉重 giàh 起肩胛頭。Tī 伊 ê 目睭前，朦霧 táuh-táuh-á 沉落去 lak kàu 塗跤，suà 落來化做一絲一絲消散去。」所以文中 ê「伊」是指日頭。

42. 根據本文，「秋天成熟 ê 手已經 teh 偷偷仔 kā in 摸 ah」，文中 ê「in」是 teh 講啥物？
   （A）樹林
   （B）日頭
   （C）山頭
   （D）狂風暴雨

◎解答：答案是（A）
   文章第 2 段 teh 講「樹林仔一層接一層……」指 ê 攏是樹林。

【第五篇】

語言 ê 發展表現 tī 語言系統 ê 語音、詞彙、語法 kap 語義等方面。一般來講語言 ê 演變包括有「臨時性變化」kap「歷史演變」兩方面。語言 ê 臨時性變化顯示伊是社會各成員 put-sám-sî 攏 leh 使用 ê 複雜系統；伊是動態 ê、約定俗成 ê。人 leh 使用語言進行交際 ê 時陣，定定會表現出真濟個性化 ê 特點：全款 ê 語詞會因為無全 ê 使用者，抑是對象 kap 場合無全，產生出無全 ê 用法。Tsia ê 變化是語言臨時性 ê 變化，in 定定會以孤立 ê 個別狀態呈現。

語言 ê 歷史演變是 leh 講 hōo 歷史固定落來，已經變成歷史事實 ê 變化。以詞義 ê 變化來舉例：『小姐』上頭先代表 ê 意義是「對女性 ê 尊稱」，有正面意義。M̄-koh tī 一寡特定服務業內底，『小姐』是充滿情色 ê 暗示，「服務小姐」、『小姐』煞變成是一種「從事特殊服務 ê 女性」，轉變做對女性 ê 一種貶義詞。照這個例來看，若是按原本正面意義轉變成貶義詞，就是屬於歷史變化。

☺ 請根據頂面文章回答問題

49. 根據本文，請問下面 tó 1 項講法正確？
（A）語言 ê 歷史演變就是講語詞成做固定 ê 歷史事實
（B）語言 ê 發展，kan-na kap 語音、詞彙、語法以及語義相關
（C）臨時性變化代表人 leh 使用語言 ê 時 bē 產生無意識 ê 約定俗成
（D）人講出來 ê 語句雖然 sio-siâng，m̄-koh 所表現出來 ê，有個人 ê 獨特性

◎解答：答案是（D）
　　　　選項（A）是 hōo 歷史固定落來。（B）有「臨時性變化」kap「歷史
　　　　演變」兩方面。（C）臨時性變化是動態 ê、約定俗成 ê。

50. 根據本文，請問下面 tó 1 个 tuì「小姐」這个詞 ê 講法正確？
（A）「小姐」這个語詞 kan-na 屬於歷史變化
（B）語詞「小姐」kan-na 歸屬 tī 臨時性變化
（C）「小姐」這个語詞 ê 語意變化 m̄是孤立 ê 個別狀況
（D）Tī 語言交際 ê 過程中，若用 tī 尊稱方面就是性暗示

◎解答：答案是（C）
　　　　選項（A）m̄是 kan-na 屬於歷史變化。（B）m̄是 kan-na 歸屬 tī 臨時
　　　　性變化。（D）tī 一寡特定服務業內底。

51. 根據本文，請問下面 tó 1 項講法正確？
（A）臨時性變化 kap 歷史性變化會當仝時並存
（B）語言 ê 交際進行過程中 kan-na 有孤立 ê 個別狀態
（C）社會上只要是生物攏 ē-sái 透過語言系統互相了解
（D）必須 ài 透過無仝 ê 語句，tsiah 會當表現出語言運作 ê 多變化

◎解答：答案是（A）
　　　　（B）m̄是 kan-na 有孤立 ê 個別狀態。（C）是人 tsiah 會使。（D）是
　　　　無的確，嘛會使透過仝款 ê 語詞，tī 無仝 ê 使用者，抑是對象 kap
　　　　場合無仝，表現出語言運作 ê 多變化。

【第六篇】

最近網路 teh 流傳，發表「相對論」ê *Einstein* 〈愛因斯坦〉bat 警告講：「蜜蜂若消失，咱人會 tī 4 冬內滅亡」。最近全球各地攏發生蜜蜂神祕消失 ê 現象，koh 加上全球糧食欠缺，tse 親像 teh 印證 *Einstein* 所預言 ê 人類危機。

根據研究，1 隻蜜蜂 1 工會當採 5000 蕊花，伊身軀頂會使 tsah 萬外粒 ê 花粉，這款速度毋是咱人 ê 科技有才調比較 ê。咱人 ê 食物有 3 份 1 來自會開花 ê 植物，ah 這寡開花植物大約有 80% ài 蜜蜂 ê 授粉。M̄-nā 開花植物，koh 有真濟野生植物嘛需要蜜蜂 ê 授粉作用，tsiah 會當維持生態平衡。

美國農業部指出，美國各地 ê 蜜蜂養殖業者所報告 ê，蜜蜂 hiông-hiông m̄ 知原因煞消失 ê 比例 uì 30%到 90%。尼加拉瓜水 tshiâng 地區蜂農協會（*Niagara Beekeepers Association*）主席 *Dubanow* 表示，當地大約 80%至 90% ê 蜂農今年攏 tú 著歹年冬。伊 koh 講，因為蜜蜂自 2006 年起大量死亡 kap 消失，為著 thang kā 農作物授粉，koo-put-jî-tsiong uì *New Zealand* 進口女王蜂 thang 重建蜂岫，所以成本嘛增加。

☺ 請根據頂面文章回答問題

52. 根據本文，人類 ê 危機是啥？
　（A）全球暖化
　（B）物價起飛
　（C）生態無平衡
　（D）蜜蜂無法度授粉

◎解答：答案是（C）
　　　　根據文章講 ê，m̄-nā 開花植物，koh 有真濟野生植物嘛需要蜜蜂 ê 授粉作用，tsiah 會當維持生態平衡。Koh 講最近全球各地攏發生蜜蜂神祕消失 ê 現象，koh 加上全球糧食欠缺。所以真濟植物 beh 生湠 ài 靠蜂，蜂若一直減少甚至無--去，按呢生態無平衡，tse 親像 teh 印證 *Einstein* 所預言 ê 人類危機。Tō 是講人類 ê 危機是生態無平衡。

53. 根據本文，關係蜜蜂 ê 講法，tó 1 个正確？

　（A）蜜蜂減少是因為糧食欠缺

　（B）有 3 份 1 ê 開花植物 ài 蜜蜂授粉

　（C）1 隻工蜂 1 冬會當採 5000 蕊花

　（D）若無蜜蜂，會造成農作物歹年冬

◎解答：答案是（D）

　　　　選項（A）m̄ 知原因。（B）是 4/5。（C）是蜜蜂，無講是工蜂。（D）
　　　　因為若無蜜蜂，tō 無法度 kā 農作物授粉，會造成農作物歹年冬。

54. 根據本文，下面 tó 1 个選項 khah 有理路？

　（A）*Einstein* 是研究蜜蜂 ê 專家

　（B）美國 ê 女王蜂攏 uì *New Zealand* 進口

　（C）美國各地蜜蜂消失 ê 比例 uì 80% 到 90%

　（D）科技化採蜜 ê 速度 tuè bē-tiòh 蜜蜂

◎解答：答案是（D）

　　　　選項（A）m̄ 是 *Einstein*。（B）m̄ 是。（C）是 30% 到 90%。（D）這款
　　　　速度 m̄ 是咱人 ê 科技有才調比較 ê。

【第七篇】

　　「圖形數學」內底所講 ê「相似形」，意思 tiòh 是照比例放大縮小，兩个圖會使相疊，無法度分別。親像圓箍仔，m̄ 管大細，攏是「相似形」，tse 是因為圓箍仔攏符合獨一 ê 一條規律，he 也就是圓箍仔 ê 外周圍 ê 長度，kap 直徑 ê 長度，有固定 ê 比率，這个比率 tō 是圓周率。外國人 1706 年開始用 phai（ π ）來做代表圓周率 ê 符號。Ah 若是像行星運動路線 ê 鴨卵圓就 m̄ 是按呢。

　　古早人 leh 算圓周率攏 liàh 差不多來準，有 5 千年前古埃及人 3.16 kap 巴比倫人 3.125，3 千年前古中國人用 3 等等。咱小學是用 3.14 來準，按呢大概 tsing-tsha 萬分之五，ah 若是用 3.14159 來準，著 kan-na 有百萬分外 ê tsing-tsha niâ。這个圓周率 phai（ π ），到底是偌濟？其實無人有法度講，tsīng 咱會使用電子計算機，kā π ê 數字算到小數有一千六百萬个，按呢嘛 iah 無算是算了 ah。按呢，到底圓周率是 m̄ 是有固定確定 ê 數字 leh？He 只是精密度 ê 問題 niâ。伊窮實就是一个「數學常數」，親像 1、0 按呢。這圓周率會使講是藏 tī 自然界 ê 一个祕密。Ah 三月十四 tú 好是偉大 ê 物理學家 *Einstein* ê 生日 neh。

☺ 請根據頂面文章回答問題：

55. 根據本文，tó 1 个選項正確？

　　（A）鴨卵圓是圓箍仔 ê「相似形」

　　（B）鴨卵圓 m̄ 管大細攏是「相似形」

　　（C）圓箍仔圓周 kap 圓周率 ê 比例固定

　　（D）圓箍仔直徑長度 kap 圓周長度比例固定

◎解答：答案是（D）

　　　　選項（A）kap（B）鴨卵圓 m̄ 是圓箍仔 ê「相似形」。（C）是圓箍仔
　　　　ê 外周圍 ê 長度 kap 直徑 ê 長度，有固定 ê 比率。

56. 根據本文，tó 1 个選項正確？

　　（A）Tsit-má 小學用 ê 圓周率數字上精密

　　（B）Tsit-má 小學用 ê 圓周率數字比古早人 tsing-tsha khah 濟

　　（C）無法度知影圓周率是 m̄ 是固定，只好用 phai（π）代表

　　（D）無法度知影圓周率到底是偌濟，所以用 phai（π）代表

◎解答：答案是（D）

　　　　選項（A）m̄ 是上精密，猶有 tsing-tsha。（B）比古早人 tsing-tsha khah
　　　　少。（C）m̄ 是無法度知影圓周率是 m̄ 是固定，是無法度知影偌濟。

57. 根據本文，tó 1 个選項正確？

　　（A）圓周率 ê 祕密 kan-na *Einstein* 知

　　（B）以早無電子計算機，所以圓周率算 bē 出來

　　（C）圓周率是數學常數，m̄-koh 咱永遠 m̄ 知伊偌濟

　　（D）Tsit-má 咱會使用電子計算機來正確算出圓周率 ê 數字

◎解答：答案是（C）

　　　　選項（A）m̄ 是 kan-na *Einstein* 知。（B）古早無電子計算機，圓周率
　　　　tō 有算出來 ah。（D）tsit-má 用電子計算機嘛算 iáu-buē 了。

【第八篇】

「互文性」是 tī 西方結構主義 hām 後結構主義思想中產生 ê 一種文本 ê 理論，是由法國女性主義批評家、符號學家 *Julia Kristeva*（1941～）發明 ê。*Kristeva* 家己根據法語詞綴 kap 詞根 tàu--khí-lâi ê 新詞：*intertextoalité*，定義是：所有 ê 文本，攏是別个文本 ê 吸收 kap 變形，buē 輸十花五色 ê「引用 ê mo-sa-ek」（*mosaïque*；嵌鑲圖）。所以「互文性」指 ê tiòh 是某一个文本參其他文本 ê 互相作用，包含模仿、影響抑是引用等等 ê 關係。

Nā 照這个概念出發，任何一个文本絕對 buē 是孤立存在 ê。產生 tī 過去 ê 文本，kap 現此時 tng-leh 創作 ê 文本，是會互相關聯 ê。可比講：假設有一本冊描述一个 tī 強權統治下劫富救貧、反抗威權 ê 人，按呢 ê 一个人物，tī 台灣 tiòh 會 tsiânn 容易 hōo 人聯想 tiòh 廖添丁，tī 西洋文學 tiòh 會 hông 想 tiòh *Robinhood*。這 tō 是新、舊文本產生「互文性」。咱 kā 過去閱聽 ê 經驗，紡織 tī 現此時新 ê 文本內，thang hōo 新 ê 故事產生新 ê 意涵。

對「互文性」ê 界定 tsit-má 分 èh 義 kap 闊義 2 種。Èh 義 ê 定義認為：「互文性」指一个文本 kap tī leh 這个文本內底 ê 其他文本之間 ê 關係。闊義 ê 定義認為：「互文性」指任何文本 kap hōo 這个文本具有意義 ê 知識、符碼 kap 表意實踐 ê 總合關係；tsia ê 知識、代碼 kap 表意實踐形成一个潛力無限 ê 網路。

☺ 請根據頂面文章回答問題

58. 為啥物 *Kristeva* 認為所有 ê 文本 bōe 輸 hue-pa-lí-niau ê「引用 ê mo-sa-ek」？

（A）因為 *Mosaïque* 是第一个發明文本互相引用 ê 人

（B）因為符號學使用 *mosaïque* 這个詞來形容結構主義所形容 ê 相互關係

（C）因為伊上早是一个創作 *mosaïque* ê 藝術家，受著這个藝術觀念影響 tsiânn 深

（D）因為所有 ê 文本攏會引用、吸收別个文本 ê 元素，koh kā 伊變形，親像剪黏拼貼 ê 技術

◎解答：答案是（D）

文章頭一段有講「…定義是：所有 ê 文本，攏是別个文本 ê 吸收 kap 變形，bōe 輸十花五色 ê『引用 ê mo-sa-ek』（*mosaïque*；嵌鑲圖）」。選項（A）是 *Julia Kristeva* 發明 ê。（B）符號學無講使用 *mosaïque* 這个詞來形容結構主義所形容 ê 相互關係。（C）文章無講伊上早是做啥物 ê。

59. 根據本文，以下 tó 1 項講法正確？

（A）新意涵 ê 產生完全 uá-khò 新文本 ê 創造

（B）產生 tī 過去台灣文學 ê 文本，kap 現此時 tng leh 創作台灣文學 ê 文本，會互相關聯

（C）根據本文，互文性 ê 詮釋完全 uì 作者 ê 知識、文化背景來 ê，伊 ê 角色只是親像剪黏師傅 niā-niā

（D）一個文本雖然引用別人 ê 話，嘛無一定有互文關係。顛倒是無應該引用 ê 時陣引用，tsiah 會產生互文性關聯

◎解答：答案是（B）

文章第 2 段有講：「任何一個文本絕對 buē 是孤立存在 ê。產生 tī 過去 ê 文本，kap 現此時 tng-leh 創作 ê 文本，是會互相關聯 ê。」所致（B）講 ê 是 tio̍h--ê。選項（A）新意涵 ê 產生是咱 kā 過去閱聽 ê 經驗，紡織 tī 現此時新 ê 文本內。（C）文章第一段有講著：「所有 ê 文本，攏是別个文本 ê 吸收 kap 變形，buē 輸十花五色 ê『引用 ê mo-sa-ek』（*mosaïque*；嵌鑲圖）。所以「互文性」指 ê tio̍h 是某一個文本參其他文本 ê 互相作用，包含模仿、影響抑是引用等等 ê 關係。」Uì 這句話咱 thang 講作者 m̄ 是像剪黏師按呢，kā 別人 ê 作品提來 ka-ka-tah-tah leh niā-niā，伊是一款新 ê 創作。（D）文章第二段有講著：「產生 tī 過去 ê 文本，kap 現此時 tng leh 創作 ê 文本，是會互相關聯 ê。」

60. 根據本文，以下 tó 1 个講法是**錯誤** ê？

（A）*Kristeva* 所講 ê 屬於廣義 ê 互文性

（B）音樂家根據文學作品抑是神話傳說所譜寫 ê 樂曲，嘛會使是互文性研究 ê 對象

（C）Ė̍h 義 ê 互文性所指 ê 是：某一个文本透過記憶、重復、修正等等 ê 方式，對其他文本產生 ê 影響

（D）報紙標題講一个人是「現代塗炭仔」，指 ê 可能是一个平凡普通 ê 查某囡仔，變做 koh suí koh 出名 ê 故事

◎解答：答案是（C）

選項（C）m̄是 ė̍h 義是廣義講。（A）（B）（D）講 ê 攏 tio̍h。這條是揀 m̄-tio̍h--ê。

聽力測驗 完整對話

（a）對話選擇題（b）演說選擇題

本節測驗時間：量其約 40 分鐘，以實際錄音時間為準。

配分：每題 3 分，攏總 120 分。

　　Tī 這个測驗內面咱有分做「對話」kap「演說」2 種題型，攏總 40 條選擇題。第 1 條到第 24 條是「對話選擇題」，第 25 條到第 40 條是「演說選擇題」，請照順序回答。

　　考生會當參考「問題 kap 答案選項 ê 紙本」，kā 答案用 2B 鉛筆畫 tī 答案卡頂頭正確 ê 圓箍仔內底。Bē-sái tī 紙本頂懸做任何 ê 記號抑是筆記，若 beh 做筆記，請寫 tī 草稿紙頂面。

　　答 tiȯh 1 條 tiȯh 3 分，m̄-tiȯh 1 條扣 1 分，無作答 ê 題目無 tiȯh 分嘛無扣分，若是 bē-hiáu ê 題目請 mài 作答。

Tâi-uân Gí-bûn Tshik-giām Tiong-sim
國立成功大學 台灣語文測驗中心
NCKU Center for Taiwanese Languages Testing

（a）對話選擇題

【對話第一段】

阿明：阿媽 gâu 早，我來 kā 菜 phâng 出來。

阿媽：Ài 細膩 ooh！

問題第 1 條：根據對話，請問 in suà--lȯh 上可能 beh 做啥？

（A）煮飯（B）食飯（C）洗碗（D）khuán 桌頂

【對話第二段】

女：阿寶 ah，中晝 beh 食水餃、肉粽、pháng 抑是包仔？

男：Buaih 定定食麵粉類 ê，食 kah siān--ah。

問題第 2 條：根據對話，請問阿寶上有可能 beh 食 tó 1 項？

（A）水餃（B）肉粽（C）包仔（D）pháng

【對話第三段】

囝：Ma～，阮明仔載 ài 交班費 100 khoo。

母：昨昏提 hōo 你 ê 冊錢，m̄ 是猶有 tshun。

囝：Kan-na tshun 60 niâ，無夠 lah！

問題第 3 條：根據對話，請問 beh 交班費，猶欠偌濟錢？

（A）40 khoo（B）50 khoo（C）60 khoo（D）100 khoo

【對話第四段】

女：坤仔，水仔 in beh 娶新婦，你看 ài kā 包偌濟 khah tú 好 hannh？

男：進前咱雪仔嫁，伊包 2000，tō 4、5 年 ah，kám 免 thản 1--成。

女：好 lah！Tsū 按呢。

問題第 4 條：根據對話，請問 in 想 beh 包偌濟錢？

（A）1,800（B）2,000（C）2,200（D）3,000

【對話第五段】

男：阿芬來，叫「阿 kīm」。

女：Ah 咱 to 猶 bē 結婚，按呢叫--我，人會歹勢 lah。

問題第 5 條：請問對話中阿芬 ài 叫查埔 ê 啥物？

（A）阿兄（B）阿叔（C）阿舅（D）姨丈

【對話第六段】

女：恭喜、恭喜。祝 lín 兩个明年生雙生 ooh！

男、女：多謝 lah。

問題第 6 條：請問這段對話上有可能 tī 啥物時陣出現？

（A）過年（B）結婚（C）做生日（D）做滿月

【對話第七段】

A：你後擺 tio̍h ài ē kì--lih，不管時 tio̍h ài tì 工程帽仔，去到面頂安全索仔攏 ài 隨時縛 tiâu leh。

B：頭 ê，我知影 ah lah。

A：你 m̄-thang 放散散，安全上重要。趁錢有數（iú-sòo），性命 ài 顧。

問題第 7 條：根據對話，請問下面 tó 1 項**無**正確？

（A）工頭嫌工人無夠巧

（B）第一个人是工頭也是頭家

（C）對話有可能出現 tī 病院探訪 ê 時陣

（D）第二个人因為做 khang-khuè 受傷

【對話第八段】

秀枝：進財仔，我喙焦 kah，lín 有滾水通 lim 無 ah？

進財：秀枝仔，這罐 tánn--你。

秀枝：這罐水 600cc ài 10 箍，人 he 汽油 1,000cc 嘛 tsiah 20 外箍 niâ。Koh 再講，製造這罐水 tio̍h ài 消磨足濟資源 kap 能源，對地球真 sńg-tn̄g，罐仔水 tik 確是貴 koh 無環保！Lim 罐仔水 m̄是現代文明人做 ê 代誌。你 kám 知影，人澳洲 tī 2009 年 7 月已經有一个鄉鎮規定講，禁止買賣罐仔水 ah neh？

進財：按呢真歹勢，我猶是 thîn 茶 kóo ê 冷滾水 hōo 你 lim。

秀枝：按呢 m̄-tsiah 是 21 世紀標準 ê 地球人。保護地球逐家來，減少碳酸（thuànn-sng）tsiah 應該；保全生態頭項代，生態跤跡 m̄-thang 烏白開。

問題第 8 條：根據對話，下面 tó 1 个講法正確？

（A）罐仔水是衛生環保 ê 產物

（B）罐仔水 kiông beh 比汽油 khah 貴

（C）做一个文明人 ài 加消費碳酸產品

（D）澳洲是世界第一个賣罐仔水 ê 國家

問題第 9 條：根據對話，下面 tó 1 个選項 khah 適當？

（A）秀枝仔 beh kā 人討滾水 lim

（B）進財仔比秀枝仔 khah 有環保意識

（C）秀枝仔 khah ài 人 lim 罐裝 ê 冷滾水

（D）進財仔 khah ài 人 lim 茶 kóo ê 冷滾水

問題第 10 條：根據對話，下面 tó 1 个描述 khah 無理路？

（A）茶 kóo ê 滾水比罐仔水 khah 好 lim

（B）Tsau-that 地球是罐仔水另外一个特點

（C）罐仔水比茶 kóo ê 滾水 khah phah-sńg 能源

（D）做一个標準 ê 地球人，代先 ài 會曉保護生態

【對話第九段】

男：阿英，咱來 sńg bih-sio-tshuē。

女：Bē-sái tī tsia lah。老師講 ài 去外口 tsiah 會使 sńg。

問題第 11 條：請問這段對話上有可能 tī 啥物所在出現？

（A）樹仔跤（B）籃球場（C）圖書館（D）運動埕

【對話第十段】

男：借問 leh，建國國小按怎行？

女：這條路 ǹg 南行，tháu~ 50 公尺到一條 sih 黃燈 ê 巷仔，kā 正 uàt，行 tsīn-pōng tō 是建國 ê 大門 ah。

問題第 12 條：根據對話，下面 tó 1 項正確？

（A）查某 ê m̄-bat 去過建國國小

（B）In 講話 ê 所在 tī 建國國小內底

（C）建國國小 tī 大路邊，真好揣

（D）建國國小大門 kap 一條巷仔正沖

【對話第十一段】

男：Tshik-á 敗價，趁無食，做這途 ê 實在毋值。

女：無法度，to 做著 ah！莫怪囡仔 m̄ 做。

問題第 13 條：根據對話，請問 in 上有可能是做啥物行業？
（A）做田 ê（B）養殖 ê（C）絞米 ê（D）bāu 果子 ê

【對話第十二段】

阿明：阿娟，你 tsit-má kap 囡仔講話攏 ài 用台語 ooh。

阿娟：是按怎 hiooh！哪會 hiông-hiông teh 講 tse。

阿明：你看頂懸 hit 條電子批，聯合國教科文組織（UNESCO）發佈上新 ê 面臨危機語言報告，台灣攏總有 24 種語言 hông 列入去烏名單內底。Tī 這份報告內底，照 in 面臨危機 kap 絕滅 ê 程度，分做 5 个等級。

阿娟：Ah 是按怎分？咱台語列 tī tó 1 級？

阿明：第一叫做「無安全」：大部分 ê 囡仔會當講這種語言，但是 kan-na 限 tiānn tī 特定 ê 所在，像：家庭。第二叫做「明顯危機」：囡仔 tī 厝 nih 無 koh 學習這種語言。第三叫做「嚴重危機」：Kan-na 阿公阿媽這个世代講這種語言，父母世代聽有，但是無 teh 講。第四叫做「極度危機」：阿公阿媽這个世代嘛真少 teh 講 ah。第五叫做「絕滅」：Tō 是攏無人會曉講 ah。你看台語應該列入去 tó 1 級？

阿娟：Tann 害 ah！Tsit-má ê 囡仔 kan-na tī 台語課學，厝 nih 爸母攏無 teh 教。

問題第 14 條：根據對話，五種語言危機 ê 定義，下面 tó 1 个講法正確？
（A）「無安全」這級是講：囡仔 ê 族語講 bē 標準
（B）「明顯危機」這級是講：囡仔 bē 曉講嘛聽無這種語言
（C）「極度危機」這級是講：阿公阿媽這个世代嘛少 teh 用這種語言對話
（D）「嚴重危機」這級是講：kan-na 阿公阿媽這个世代講這種語言，父母世代聽有 bē 曉講

問題第 15 條：根據對話，阿娟認為台語應該列入去 tó 1 級？
（A）無安全（B）明顯危機（C）嚴重危機（D）極度危機

問題第 16 條：根據對話，in 上有可能 uì 啥物所在得著「聯合國教科文組織」發佈 ê 消息？
（A）報紙（B）電視（C）網路（D）雜誌

【對話第十三段】

阿國：阿姨，你好！我是 kap 阿華全班 ê，叫做阿國。

阿姨：阿國 ooh，內底坐。阿華猶 teh 睏，我來 kā 叫。

問題第 17 條：根據對話，請問阿國 kap 阿華是啥物關係？
　（A）同事（B）同學（C）同行（D）同鄉

【對話第十四段】

A：Ah…，tsiânn 歹勢！教 kah 這 2 gê ham-bān 囝，攏 buē-hiáu kâng 叫。

B：Buâ-kín lah。M̄-bat 看--過，驚 tshinn-hūn lah。

問題第 18 條：請問對話中第一个人 ê 囝仔發生啥物代誌？
　（A）hōo 人驚著
　（B）ham-bān 認人
　（C）第二个人 buē 記 lih in ê 名
　（D）Buē-hiáu beh 稱呼序大人 ê 朋友

【對話第十五段】

囝：阿母，你哪會叫我 kap 小妹換房間。

母：你早起攏 peh bē 起來。Hōo 你睏 hit 間，透早日頭 tō tshiō 入來，peh khah 會起來 lah。

問題第 19 條：根據對話，請問阿母叫囝仔去睏 hit 間房間，窗仔面向 tó 1 pîng？
　（A）東（B）西（C）南（D）北

【對話第十六段】

阿清：阿純，巷仔口正仔 in 兜有人過往去，是查埔 ê 抑是查某 ê。

阿純：清仔，ah 你 tú-á m̄是 uì hia 過，kám 看 bē 出來。

阿清：看是有看 lah，ah to 攏無寫 neh，kap 頂 huan-á teh 辦 lín 爸仔阮丈人 ê 時攏無仝 neh；有看正仔 kap 後生 tī 路頭 kā 一個無熟似 ê 老大人跪，hit 个老人真久 tsiah kā in 牽起來。

阿純：He 叫做「接外家」。Ah koh 有看著啥？

阿清：Koh 有看著幾个 tsáu-á 人，用爬 ê 哭入去，有 ê 哭 kah 暈暈死死去，有 ê 哭 kah 足大聲煞無看半滴目屎。

阿純：莫怪 hông king-thé 做「新婦哭禮數，查某囝哭腸肚」。

問題第 20 條：根據對話，下面 tó 1 个講法正確？

（A）阿清 in 阿母過身 ah（B）阿純 in 阿母過身 ah

（C）阿清 in 阿爸百歲年老 ah（D）阿純 in 阿爸百歲年老 ah

問題第 21 條：根據對話，下面 tó 1 个選項上有可能？

（A）正仔 in 爸仔過往去（B）正仔 in 母仔過往去

（C）正仔 in tsáu-á 人過往去（D）正仔 in 丈人爸仔過往去

問題第 22 條：根據對話，下面 tó 1 个描述正確？

（A）正仔 kap 後生 kā in 無熟似 ê 老大人跪

（B）阿清有看著死者 ê 新婦哭 kah 暈暈死死去

（C）阿純有看著死者 ê 查某囝哭 kah 暈暈死死去

（D）有人看著哭 kah 真大聲，無流半滴目屎 ê tsáu-á 人

【對話第十七段】

女：「頭家，借問 leh，這隻鴨 guā 濟錢？」

男：「老主顧 ah，算你 jī-á-gōo tō 好。」

問題第 23 條：根據對話，請問：人客問 ê hit 隻鴨 guā 濟？

（A）25 khoo（B）1 百 50 khoo（C）5 百 50 khoo（D）2 百 50 khoo

【對話第十八段】

阿雄：阿英仔，你 mài 烏白來 oo！君子是動口無動手。

阿英：阿雄仔，你放心，我是查某 ê，lín 祖媽動手無 beh 動口。

問題第 24 條：根據對話，阿英仔認為「君子」是指啥物款人？

（A）查某人（B）查埔人（C）有氣質 ê 人（D）有地位 ê 人

（b）演說選擇題

【演說第一篇】

　　各位觀眾逐家暗安！今仔日下晡開始，台灣東部 kap 恆春地區 ê 民眾可能攏有 tú-tioh sap-sap-á 雨，tse 是因爲菲律賓外海 ê 熱帶性低氣壓已經形成輕度風颱。這个風颱 ê 風力愈來愈強，有可能形成中度風颱。伊走 suá ê 方向嘛 ǹg 台東 phiann 過來。中央氣象局已經 tī 下晡 4 點發布海上風颱警報，按算 tī 今仔日暗時 10 點會 koh 發佈陸上警報。伊 ê 暴風半徑達到 350 公里，所以到時全台灣攏會 hōo 這个風颱罩 tiâu leh。這个風颱會 tsah 來真厚 ê 雨水，嘛會造成土 tshuah 流 kap 海水倒灌，請 uá 近這寡所在 ê 徛家 ài 特別嚴防戒備，tsiah bē 造成遺憾。

問題第 25 條：請問頂面這段演說，上有可能 tī 啥物場合出現？
（A）學校上自然課（B）村里放送新聞
（C）廣播電台報氣象（D）電視台報氣象

問題第 26 條：根據演說，請問這个風颱有可能 uì tó-uī 登陸台灣？
（A）恆春（B）台中（C）台東（D）菲律賓

問題第 27 條：根據演說，請問講這段話 ê 時間上有可能幾點？
（A）下晡 2 點（B）下晡 4 點（C）暗頭仔 6 點（D）暗時 10 點

問題第 28 條：根據演說，請問講話 ê 特別提醒蹛 tī 啥物所在 ê 人 ài 嚴防戒備？
（A）山跤（B）土城（C）恆春（D）台東

【演說第二篇】

自從索敘爾（*Saussure*）做出語言 kap 言語 ê 區別了後，傳統 ê 語言學研究者猶原強調語言 ê 重要性；ah m̄-koh 語用學 ê 學者 kā 言語成做研究 ê 主體。也 tiȯh 是講：傳統研究者研究語言系統，注重 ê 是語音、文法、句型等語言結構規則；ah 語用學學者所注重 ê 是言語，tiȯh 是語言 ê 實際使用。

Tī 語言 ê 實際使用當中，一个語句有當時仔並 m̄ 是所有單詞 ê 意思組合，beh 了解句意，必需 ài 考慮著語句所使用 ê 情境。語言 ê 情境 kap 社會、文化、歷史有真大 ê 關係，íng-íng 會影響著話語 ê 真正意義。

Tī 語言實際交流 ê 過程當中，語言溝通者除了 uá-khò 符號系統，有當時仔嘛 ē-sái 使用非言語性 ê 符號，親像手勢、表情、笑聲等。另外，因為社會因素 ê tsing-tsha，tī 語言使用嘛定定使用無全款 ê「語碼」（gí-bé），親像方言、烏話、流行話、行話等。

Tī 對話進行 ê 過程當中，除了需要有語言能力以外，另外 iáu-koh 需要交際能力。交際能力包括：第一，話語規則知識；第二，會曉使用適當 ê 言語行為，親像：會失禮、巴結；第三，照無全 ê 情境使用適當 ê 語言。

問題第 29 條：根據演說，對「語言 ê 實際使用」ê 論述，下面 tó 1 个選項是 tiȯh--ê？
（A）專門研究語言系統 ê 結構
（B）是傳統語言學 leh 研究 ê 課題
（C）kap 研究語言使用 ê 情境有關係
（D）專門研究單詞 kap 單詞 ê 組合規則

問題第 30 條：根據演說，「語言情境」是一種：
（A）符號系統（B）語法 ê 知識
（C）組合語句 ê 能力（D）理解句意 ê 因素

問題第 31 條：根據演說，tī 對話進行 ê 過程當中 koh 需要具備交際能力，是 teh 講 tó 1 項？
（A）適當 ê 言語行為（B）解釋語詞意義 ê 能力
（C）會曉比手勢（D）清楚表達語音正確性 ê 能力

問題第 32 條：根據演說，下面 tó 1 个選項是**無**正確 ê？
（A）交際能力是指正確 ê 語言能力
（B）非語言性 ê 符號嘛是溝通方式
（C）文化 hām 歷史 ê 因素 kap 溝通 ê 理解有關係
（D）無全「語碼」ê 使用是因為受著社會因素影響

【演說第三篇】

尪仔標是細漢時定定 teh sńg ê tshit-thô 物。尪仔標有幾若款 ê ī 法。上 kài 簡單 ê 有兩款。一款是文 ê，一款是武 ê。文 ī 就是园 tī 桌頂，一人提一寡尪仔標出來比輸贏，sńg ê 齣頭有 la̍k 十八骰仔（sip-pat tāu-á）、抽 khau 仔、牽銅錢仔，hia--ê 攏是 leh 比大細，一擺 tō 知枵飽，輸贏緊 koh 省 khuì-la̍t。

Ah 若武 ī，tio̍h ài 了 khuì-la̍t，伊嘛分做兩種，一種是 ī 大 ê，一種是 ī 細 ê。ī 大 ê tō 是逐家出平濟尪仔標，規 thàh 园 tī 塗跤兜，指定其中一張做王，藏 tī 規 thàh 尪仔標 ê 中 ng，逐家輪流來 siàn，看 hit 張王 hōo 啥 siàn 出來，tō 算伊贏。Khah gâu siàn 尪仔標 ê，有當時仔一下出跤手，三兩輾半（sann-nn̄g-liàn-puànn），tio̍h 贏 beh 規 ka-tsù 仔。若是 ī 細 ê，輸贏真有限，ī 法是按呢，一人出一張 tī 塗跤 siàn，尪仔標 hông siàn píng 過 ê，tō ài 輸人一張。細漢 ê 時，阿母也定定篦仔 gia̍h--leh，庄頭庄尾按呢一直 jiok、一直揣，一直 huah 講：「這个囡仔 nah 會 tsiah-nī-á 放蕩，ī kah bē 記得 thang tńg 來洗浴、食暗、koh thang 好寫字。」

【洪錦田，2007 教育部朗讀文章】

問題第 33 條：根據演說，請問尪仔標 ê 文 ī 會當分做幾種？
（A）2 種（B）3 種（C）4 種（D）5 種

問題第 34 條：根據演說，有關尪仔標 ê ī 法，下面 tó 1 種 khah 緊輸贏、省 khuì-la̍t？
（A）比懸低（B）牽銅錢仔（C）siàn píng 過 ê（D）thàh 規 thàh 揣王

問題第 35 條：根據演說，下面 tó 1 个 *m̄是* 老母 gia̍h 篦仔揣囡仔 beh tńg 去厝 nih 做 ê 代誌？
（A）洗碗（B）食飯（C）寫字（D）洗身軀

問題第 36 條：根據演說，有關尪仔標 ê 描述，下面 tó 1 个選項正確？
（A）是逐个人細漢時 ê 共同 kì-tî
（B）siàn píng 過 ê，sńg 法省錢、省 khuì-la̍t
（C）會使 tī 桌頂 sńg，koh 會使 khû tī 土跤 sńg
（D）ī 法真濟，有揣王 ê、siàn píng 過 ê、比懸低 ê、抽 khau 仔 ê

【演說第四篇】

　　雞爪 siáu ê 病毒是挪威（*Norway*）醫生 *Hansen*（漢生）tī 1873 年所發現
ê，日本人 koh kā 伊叫做 thái-ko-pīnn，西方 kā 治療雞爪 siáu ê 病院號做「漢
生療養院」。雞爪 siáu 主要是 àn 呼吸道 sio-uè--ê，是一種慢性 ê 傳染病，m̄-koh
伊是傳染病內底 sio-uè 上 kài kē ê 一種。雞爪 siáu 病毒會侵入去人 ê 神經系
統，koh 會 hōo 人失去疼覺，造成皮膚病變 kap 跤手變形。

　　Tī 1901 年，台南新樓病院 ê 診療開始收雞爪 siáu ê 病人。雖然 1930 年日
本總督府 tī 新莊設立「台灣總督府癩病療養所樂生院」，專門收 thái-ko-pīnn
ê 患者，m̄-koh 對患者 ná 親像對待戰犯仝款，kann 禁 kap 禁止結婚。

　　國民政府來台 ê 時陣，基本上延續日本人 ê 政策，對患者 ê 行動有所
限制，m̄-koh 無禁止結婚，tī 1945 年 kā 台灣總督府 thai-ko-pīnn 療養所樂生
院改名做「台灣省立樂生療養院」。另外 tī 1954 年解除對患者 ê 強制隔離，
無論是 tī 古早抑是現此時，台灣人對雞爪 siáu 患者猶是有真大 ê 誤解。

　　聯合國教科文組織委員西村幸夫講過，beh 爭取 kā 台灣省立樂生療養
院列做世界遺產。M̄-koh 這項想法煞因為捷運新莊線 ê 動工，政府 kā 部分
院區強制拆除來滅絕。

問題第 37 條：根據演說，有關「雞爪 siáu」ê 講法下面 tó 1 个選項正確？
　（A）雞爪 siáu 會引起呼吸道 ê 病變
　（B）雞爪 siáu 是一種急性 ê 傳染病
　（C）雞爪 siáu 並 m̄是懸度傳染性 ê 病
　（D）雞爪 siáu 會造成病人皮膚痛疼 kap 跤手變形

問題第 38 條：根據演說，針對「台灣省立樂生療養院」ê 論述，下面 tó 1
　　个選項 ê 講法正確？
　（A）Bat kann 禁過雞爪 siáu 患者
　（B）是國民政府來台了後所創立 ê
　（C）Bat hōo 聯合國列做世界遺產來保護
　（D）因為起捷運 ê 關係全院 hông 強制拆除

問題第 39 條：根據演說，針對「雞爪 siáu 患者」ê 講法，下面 tó 1 个選項
*無*正確？

（A）到 tann 猶是 hông 看無 bàk-tē

（B）大多數 ê 病人攏因為空氣 uè 病 ê

（C）現此時行動已經自由並無受著限制

（D）Tī 早前，日本政府 kap 國民政府攏 kā in kann 禁 koh 禁止結婚

問題第 40 條：根據演說，下面 tó 1 項講法正確？

（A）Thái-ko-pīnn koh hōo 日本人叫做雞爪 siáu

（B）新樓病院 kap「台灣省立樂生療養院」無直接關係

（C）Tī 西方治療雞爪 siáu ê 所在 koh 叫做「樂生療養院」

（D）雞爪 siáu 是挪威醫生 tī 日本所發現 ê 一種會 uè--lâng ê 病

聽力測驗 難題解答

（a）對話選擇題

【對話第五段】

男：阿芬來，叫「阿 kīm」。

女：Ah 咱 to 猶 bē 結婚，按呢叫--我，人會歹勢 lah。

問題第 5 條：請問對話中阿芬 ài 叫查埔 ê 啥物？
（A）阿兄（B）阿叔（C）阿舅（D）姨丈

⊙說明：答案是（C）
阿 kīm ê 翁婿 tō 是咱 ài 叫阿舅。

【對話第八段】

秀枝：進財仔，我喙焦 kah，lín 有滾水 thang lim 無 ah？

進財：秀枝仔，這罐 tánn--你。

秀枝：這罐水 600cc ài 10 箍，人 he 汽油 1,000cc 嘛 tsiah 20 外箍 niâ。Koh 再
講，製造這罐水 tiòh ài 消磨足濟資源 kap 能源，對地球真 sńg-tīg，罐
仔水 tik 確是貴 koh 無環保！Lim 罐仔水 m̄ 是現代文明人做 ê 代誌。你
kám 知影，人澳洲 tī 2009 年 7 月已經有一个鄉鎮規定講，禁止買賣罐
仔水 ah neh？

進財：按呢真歹勢，我猶是 thîn 茶 kóo ê 冷滾水 hōo 你 lim。

秀枝：按呢 m̄-tsiah 是 21 世紀標準 ê 地球人。保護地球逐家來，減少碳酸
（thùann-sng） tsiah 應該；保全生態頭項代，生態跤跡 m̄-thang 烏白開。

問題第 8 條：根據對話，下面 tó 1 个講法正確？
（A）罐仔水是衛生環保 ê 產物
（B）罐仔水 kiông beh 比汽油 khah 貴
（C）做一个文明人 ài 加消費碳酸產品
（D）澳洲是世界第一个賣罐仔水 ê 國家

⊙說明：答案是（B）
選項（A）是罐仔水貴 koh 無環保。（C）是文明人 khah mài 消費碳
酸產品。（D）是禁止買賣罐仔水。

問題第 9 條：根據對話，下面 tó 1 个選項 khah 適當？
（A）秀枝仔 beh kā 人討滾水 lim
（B）進財仔比秀枝仔 khah 有環保意識
（C）秀枝仔 khah ài 人 lim 罐裝 ê 冷滾水
（D）進財仔 khah ài 人 lim 茶 kóo ê 冷滾水

⊙說明：答案是（A）
選項（B）是秀枝仔比進財仔 khah 有環保意識。（C）是 khah 無 ài。
（D）是秀枝仔 tsiah tiòh。

問題第 10 條：根據對話，下面 tó 1 个描述 khah *無*理路？
（A）茶 kóo ê 滾水比罐仔水 khah 好 lim
（B）Tsau-that 地球是罐仔水另外一个特點
（C）罐仔水比茶 kóo ê 滾水 khah phah-sńg 能源
（D）做一个標準 ê 地球人，代先 ài 會曉保護生態

⊙說明：答案是（A）
這條是揀 khah 無理路 ê 選項，m̄是茶 kóo ê 滾水比罐仔水 khah 好 lim tsiah ài 人 mài lim 罐仔水。選項（B）（C）（D）ê 講法攏是 tiòh--ê。

【對話第十段】

男：借問 leh，建國國小按怎行？
女： 這條路 ǹg 南行，thàu~ 50 公尺到一條 sih 黃燈 ê 巷仔，kā 正 uàt，行 tsīn-pông tō 是建國 ê 大門 ah。

問題第 12 條：根據對話，下面 tó 1 項正確？
（A）查某 ê m̄-bat 去過建國國小
（B）In 講話 ê 所在 tī 建國國小內底
（C）建國國小 tī 大路邊，真好揣
（D）建國國小大門 kap 一條巷仔正沖

⊙說明：答案是（D）
選項（A）是查埔 ê m̄-bat 去過建國國小。（B）in 講話 ê 所在 tī 建國國小外口。（C）m̄是 tī 大路邊。

【對話第十二段】

阿明：阿娟，你 tsit-má kap 囡仔講話攏 ài 用台語 ooh。

阿娟：是按怎 hiooh！哪會 hiông-hiông teh 講 tse。

阿明：你看頂懸 hit 條電子批，聯合國教科文組織（UNESCO）發佈上新 ê 面臨危機語言報告，台灣攏總有 24 種語言 hông 列入去烏名單內底。Tī 這份報告內底，照 in 面臨危機 kap 絕滅 ê 程度，分做 5 个等級。

阿娟：Ah 是按怎分？咱台語列 tī tó 1 級？

阿明：第一叫做「無安全」：大部分 ê 囡仔會當講這種語言，但是 kan-na 限 tiānn tī 特定 ê 所在，像：家庭。第二叫做「明顯危機」：囡仔 tī 厝 nih 無 koh 學習這種語言。第三叫做「嚴重危機」：Kan-na 阿公阿媽這个世代講這種語言，父母世代聽有，但是無 teh 講。第四叫做「極度危機」：阿公阿媽這个世代嘛真少 teh 講 ah。第五叫做「絕滅」：Tō 是攏無人會曉講 ah。你看台語應該列入去 tó 1 級？

阿娟：Tann 害 ah！Tsit-má ê 囡仔 kan-na tī 台語課學，厝 nih 爸母攏無 teh 教。

問題第 14 條：根據對話，五種語言危機 ê 定義，下面 tó 1 个講法正確？

（A）「無安全」這級是講：囡仔 ê 族語講 bē 標準

（B）「明顯危機」這級是講：囡仔 bē 曉講嘛聽無這種語言

（C）「極度危機」這級是講：阿公阿媽這个世代嘛少 teh 用這種語言對話

（D）「嚴重危機」這級是講：kan-na 阿公阿媽這个世代講這種語言，父母世代聽有 bē 曉講

⊙說明：答案是（C）

選項（A）應該是囡仔會當講，m̄-koh kan-na 限 tiānn tī 特定 ê 所在。（B）是囡仔無 koh 學習這種語言。（D）是父母世代聽有無 teh 講，m̄是 bē 曉講。

問題第 15 條：根據對話，阿娟認為台語應該列入去 tó 1 級？

（A）無安全（B）明顯危機（C）嚴重危機（D）極度危機

⊙說明：答案是（B）

根據對話阿娟講：「Tsit-má ê 囡仔 kan-na tī 台語課學，厝 nih 爸母攏無 teh 教。」Tō 是囡仔 tī 厝 nih 無 koh 學習這種語言，按呢是「明顯危機」這級。

問題第 16 條：根據對話，in 上有可能 uì 啥物所在得著「聯合國教科文組織」
發佈 ê 消息？

（A）報紙（B）電視（C）網路（D）雜誌

⊙說明：答案是（C）

對話講：「你看頂懸 hit 條電子批」，所以上有可能 uì 網路提著消息 ê。

【對話第十六段】

阿清：阿純，巷仔口正仔 in 兜有人過往去，是查埔 ê 抑是查某 ê。

阿純：清仔，ah 你 tú-á m̄ 是 uì hia 過，kám 看 bē 出來。

阿清：看是有看 lah，ah to 攏無寫 neh，kap 頂 huan-á teh 辦 lín 爸仔阮丈人 ê
時攏無全 neh；有看正仔 kap 後生 tī 路頭 kā 一个無熟似 ê 老大人跪，
hit 个老人真久 tsiah kā in 牽起來。

阿純：He 叫做「接外家」。Ah koh 有看著啥？

阿清：Koh 有看著幾个 tsáu-á 人，用爬 ê 哭入去，有 ê 哭 kah 暈暈死死去，
有 ê 哭 kah 足大聲煞無看半滴目屎。

阿純：莫怪 hông king-thé 做「新婦哭禮數，查某囝哭腸肚」。

問題第 20 條：根據對話，下面 tó 1 个講法正確？

（A）阿清 in 阿母過身 ah（B）阿純 in 阿母過身 ah

（C）阿清 in 阿爸百歲年老 ah（D）阿純 in 阿爸百歲年老 ah

⊙說明：答案是（D）

選項（A）kap（B）攏 m̄-tio̍h，是正仔 in 阿母過身。（C）m̄ 是阿清 in
阿爸百歲年老 ah，是阿純 in 阿爸。

問題第 21 條：根據對話，下面 tó 1 个選項上有可能？

（A）正仔 in 爸仔過往去（B）正仔 in 母仔過往去

（C）正仔 in tsáu-á 人過往去（D）正仔 in 丈人爸仔過往去

⊙說明：答案是（B）。

對話內底講著正仔 in 兜有人過往去，m̄-koh kap 阿純 in 爸仔過往去
辦 ê 時無全，所以過往 ê 應該是 tsa-bóo--ê，koh 有講著「接外家」，
所以上有可能是（B）正仔 in 母仔過往去。

問題第 22 條：根據對話，下面 tó 1 个描述正確？

（A）正仔 kap 後生 kā in 無熟似 ê 老大人跪

（B）阿清有看著死者 ê 新婦哭 kah 暈暈死死去

（C）阿純有看著死者 ê 查某囡哭 kah 暈暈死死去

（D）有人看著哭 kah 真大聲，無流半滴目屎 ê tsáu-á 人

⊙說明：答案是（D）

選項（A）是 kap 阿清 in 無熟似 ê。（B）阿清看著 ê tsáu-á 人毋知 kám
是死者 ê 新婦。（C）阿純無看著。

（b）演說選擇題

【演說第二篇】

　　自從索敘爾（Saussure）做出語言 kap 言語 ê 區別了後，傳統 ê 語言學研究者猶原強調語言 ê 重要性；ah m̄-koh 語用學 ê 學者 kā 言語成做研究 ê 主體。也 tiȯh 是講：傳統研究者研究語言系統，注重 ê 是語音、文法、句型等語言結構規則；ah 語用學學者所注重 ê 是言語，tiȯh 是語言 ê 實際使用。

　　Tī 語言 ê 實際使用當中，一个語句有當時仔並 m̄ 是所有單詞 ê 意思組合，beh 了解句意，必需 ài 考慮著語句所使用 ê 情境。語言 ê 情境 kap 社會、文化、歷史有真大 ê 關係，íng-íng 會影響著話語 ê 真正意義。

　　Tī 語言實際交流 ê 過程當中，語言溝通者除了 uá-khò 符號系統，有當時仔嘛 ē-sái 使用非言語性 ê 符號，親像手勢、表情、笑聲等。另外，因為社會因素 ê tsing-tsha，tī 語言使用嘛定定使用無全款 ê「語碼」（gí-bé），親像方言、鳥話、流行話、行話等。

　　Tī 對話進行 ê 過程當中，除了需要有語言能力以外，另外 iáu-koh 需要交際能力。交際能力包括：第一，話語規則知識；第二，會曉使用適當 ê 言語行為，親像：會失禮、巴結；第三，照無全 ê 情境使用適當 ê 語言。

問題第 29 條：根據演說，對「語言 ê 實際使用」ê 論述，下面 tó 1 个選項是 tiȯh--ê？

（A）專門研究語言系統 ê 結構

（B）是傳統語言學 leh 研究 ê 課題

（C）kap 研究語言使用 ê 情境有關係

（D）專門研究單詞 kap 單詞 ê 組合規則

⊙說明：答案是（C）

　　　　選項（A）是言語 m̄ 是結構。（B）是語用學學者。（D）m̄ 是專門研究單詞 kap 單詞 ê 組合規則。

問題第 30 條：根據演說，「語言情境」是一種：

（A）符號系統（B）語法 ê 知識

（C）組合語句 ê 能力（D）理解句意 ê 因素

⊙說明：答案是（D）

　　　　選項（A）（B）（C）攏是研究語言系統 ê 結構 m̄ 是語言情境。

問題第 31 條：根據演說，tī 對話進行 ê 過程當中 koh 需要具備交際能力，是 teh 講 tó 1 項？

（A）適當 ê 言語行為 （B）解釋語詞意義 ê 能力

（C）會曉比手勢 （D）清楚表達語音正確性 ê 能力

⊙說明：答案是（A）

根據演說，「Tī 對話進行 ê 過程當中，除了需要有語言能力以外，另外 iáu-koh 需要交際能力。交際能力包括：1.話語規則知識；2.會曉使用適當 ê 言語行為（親像：會失禮、巴結）；3.照無仝 ê 情境使用適當 ê 語言。」所以答案是（A）。（B）kap（D）講 ê 是語言能力。（C）是使用非言語性 ê 符號 ê 能力。

問題第 32 條：根據演說，下面 tó 1 个選項是**無**正確 ê？

（A）交際能力是指正確 ê 語言能力

（B）非語言性 ê 符號嘛是溝通方式

（C）文化 hām 歷史 ê 因素 kap 溝通 ê 理解有關係

（D）無仝「語碼」ê 使用是因為受著社會因素影響

⊙說明：答案是（A）

這條是揀**無**正確 ê，選項（A）正確 ê 語言能力 m̄ 是交際能力。選項（B）（C）（D）攏 tiȯh。

【演說第四篇】

　　雞爪 siáu ê 病毒是挪威（*Norway*）醫生 *Hansen*（漢生）tī 1873 年所發現 ê，日本人 koh kā 伊叫做 thái-ko-pīnn，西方 kā 治療雞爪 siáu ê 病院號做「漢生療養院」。雞爪 siáu 主要是 àn 呼吸道 sio-ùe--ê，是一種慢性 ê 傳染病，m̄-koh 伊是傳染病內底 sio-uè 上 kài kē ê 一種。雞爪 siáu 病毒會侵入去人 ê 神經系統，koh 會 hōo 人失去疼覺，造成皮膚病變 kap 跤手變形。

　　Tī 1901 年，台南新樓病院 ê 診療開始收雞爪 siáu ê 病人。雖然 1930 年日本總督府 tī 新莊設立「台灣總督府癩病療養所樂生院」，專門收 thái-ko-pīnn ê 患者，m̄-koh 對患者 ná 親像對待戰犯全款，kann 禁 kap 禁止結婚。

　　國民政府來台 ê 時陣，基本上延續日本人 ê 政策，對患者 ê 行動有所限制，m̄-koh 無禁止結婚，tī 1945 年 kā 台灣總督府 thái-ko-pīnn 療養所樂生院改名做「台灣省立樂生療養院」。另外 tī 1954 年解除對患者 ê 強制隔離，無論是 tī 古早抑是現此時，台灣人對雞爪 siáu 患者猶是有真大 ê 誤解。

　　聯合國教科文組織委員西村幸夫講過，beh 爭取 kā 台灣省立樂生療養院列做世界遺產。M̄-koh 這項想法煞因為捷運新莊線 ê 動工，政府 kā 部分院區強制拆除來滅絕。

問題第 37 條：根據演說，有關「雞爪 siáu」ê 講法下面 tó 1 个選項正確？

（A）雞爪 siáu 會引起呼吸道 ê 病變

（B）雞爪 siáu 是一種急性 ê 傳染病

（C）雞爪 siáu 並 m̄是懸度傳染性 ê 病

（D）雞爪 siáu 會造成病人皮膚痛疼 kap 跤手變形

⊙說明：答案是（C）

　　　　選項（A）是 àn 呼吸道 sio-uè--ê，m̄是會引起呼吸道 ê 病變。（B）是慢性 ê 傳染病。（D）是造成皮膚病變（piàn）m̄是痛疼。

問題第 38 條：根據演說，針對「台灣省立樂生療養院」ê 論述，下面 tó 1 个
選項 ê 講法正確？

（A）Bat kann 禁過雞爪 siáu 患者

（B）是國民政府來台了後所創立 ê

（C）Bat hōo 聯合國列做世界遺產來保護

（D）因爲起捷運 ê 關係全院 hông 強制拆除

⊙說明：答案是（A）

選項（B）是 1930 年日本總督府 tī 新莊設立，國民政府 kā 改名。（C）
是 beh 爭取，bué-á 無成。（D）是部分院區強制拆除。

問題第 39 條：根據演說，針對「雞爪 siáu 患者」ê 講法，下面 tó 1 个選項 *無*
正確？

（A）到 tann 猶是 hông 看無 ba̍k-tē

（B）大多數 ê 病人攏因爲空氣 uè 病 ê

（C）現此時行動已經自由並無受著限制

（D）Tī 早前，日本政府 kap 國民政府攏 kā in kann 禁 koh 禁止結婚

⊙說明：答案是（D）

這條是揀無正確 ê，選項（A）（B）（C）攏 tio̍h。（D）國民政府無禁
止結婚，所以 m̄-tio̍h。

問題第 40 條：根據演說，下面 tó 1 項講法正確？

（A）Thái-ko-pīnn koh hōo 日本人叫做雞爪 siáu

（B）新樓病院 kap「台灣省立樂生療養院」無直接關係

（C）Tī 西方治療雞爪 siáu ê 所在 koh 叫做「樂生療養院」

（D）雞爪 siáu 是挪威醫生 tī 日本所發現 ê 一種會 uè--lâng ê 病

⊙說明：答案是（B）

因爲新樓病院是收雞爪 siáu ê 病人。選項（A）是日本人 kā 雞爪 siáu
叫做 thái-ko-pīnn。（C）是叫做「漢生療養院」。（D）m̄ 是 tī 日本發現
ê。

口語測驗 參考答案

（a） 看圖講古

【第1條】

⊙ 參考答案：

　　福德里廟埕 ê 樹仔跤，平時人攏 kài 愛 tī hia 活動。穿青衫 ê 查埔人坐 tī 石椅仔頂 kap 穿白衫 ê，ná lim 茶 ná 開講話仙。伊講 kah koh 會比手畫刀，in 2 个有講有笑。Tī in 邊仔有坐 2 个人 kā kî-jí 盤 khǹg tiàm 石桌仔頂，tshiânn 注 神 teh 行棋。這盤棋 ká-ná 烏頭毛 ê khah 有贏面 ê 款，穿 khóng--ê 淺拖 ê tiȯh ài 想一下 ah。有 1 个坐 tī 籐椅 hia teh tuh-ku，看伊睏 kah 喙仔開開開，kài 落眠 ê 款。有 1 个穿台灣衫 ê 阿伯坐 tī 椅頭仔 hia teh e 殼仔絃，看起來阿伯 e 了 tshiânn 熟手，坐 tī 伊邊仔穿角格仔 ê 少年人 teh 彈月琴，in 2 个 leh 合奏。

【第 2 條】

⊙ **參考答案：**

天光 ah，囡仔 hōo 阿母叫起來了，suah tī hia mah-mah háu。伊頭 gông-gông、額頭燒燒，人真無爽快。阿母 sûi tō 提度針 kā 度看 māi。Uah！38 度，發燒 ah。

阿母先 khà 電話去學校 kā 老師請假。接電話 ê 是建台國小教務處 ê 人。阿母拜託伊 kā 囡仔 in 老師講，講囡仔 teh 發燒 beh 請假。

Khà 電話去學校 kā 老師請假好勢了，阿母 tō tshuā 囡仔去「mooh 咧燒診所」hōo 醫生看。

囡仔 hōo 醫生看了，先留 tiàm 診所治療。囡仔目睭 kheh-kheh 倒 tī 病床 teh 吊大筒。阿母坐 tī 伊 ê 邊仔，手 huānn 囡仔 ê 手 teh kā 顧，看起來 iáu koh kài 煩惱。

（b）朗讀測驗

【第1篇】

⊙ **參考答案**：參考聲音檔案。

【第2篇】

⊙ **參考答案**：參考聲音檔案。

（c）口語表達

【第1條】

就你所知 ê，有啥物行業需要會曉台語 ê 人才？理由是啥物？

⊙ **參考答案**：

就我知影 ê，tī 台灣，士農工商攏需要會曉台語 ê 人才。我 ê 理由會使用下底幾項來講。代先咱先講做老師 ê，tsit-má 學校攏有台語課，ài 會曉台語 ê 人來教。醫護人員 koh khah ài 會曉台語，因為 tú-tiòh ê 患者 kài 濟是年紀 khah 大 ê，in 聽無 sánn 有華語。醫護人員若是 beh kā 患者講 in ê 症頭，抑是 beh kā in 說明治療 ê 過程，若 bē-hiáu 台語 ê，按呢 teh 溝通 ê 時會有誤解，有時 koh 會像鴨仔聽雷。按呢 beh 按怎叫患者配合治療 leh。

Suà 落來是公務人員，mā 是需要會曉台語 ê，因為服務 ê 對象是民眾。若是 tñg-tiòh bē-hiáu 華語 ê 民眾去辦代誌，按呢 tō tsiânn oh 服務 ah。有時講了人聽無，koh 會歹聲嗽、起冤家。

上尾仔 tō 是服務行業，親像高鐵、台鐵、客運、旅行社 kap 航空公司 ê 櫃台人員，koh 有導遊 tsia--ê，in mā 會 tú-tiòh kan-na 會曉台語 ê 人客。Tsit-má tō 有航空公司 beh tsiànn 空中小姐，面試 ê 時 ài 考台語 leh。Koh 像餐廳、賣場 ê 服務人員，抑是走業務 ê，嘛是會 tiānn-tiānn tñg-tiòh ài 用台語對話 ê 時。按呢 m̄-nā 講 khah 會知，koh 會使 hōo 人客感覺 khah 親切，sing-lí beh 成嘛 khah 有機會。所以就我知影 ê，ài kap 人 tsih-tsiap ê 行業，tō 需要會曉台語 ê 人才。

【第 2 條】

　　一般研究認爲公共藝術 ài 具備永久性、專業性、提倡民眾參與、配合當地 ê 人文、歷史 kap 社會活動等特性。請紹介一个你所知影 ê 公共藝術作品。

⊙ **參考答案：**

　　我知影 ê 公共藝術作品是林仔邊火車頭頭前 ê 蓮霧意象雕塑作品，kap 蓮霧形 ê 椅仔，是在地 ê 藝術家林壽山先生創作 ê。

　　因爲蓮霧是林仔邊有名聲 ê 農產品，tsia 種 ê 烏真珠蓮霧名聲是 tshìng 規台灣 ê。用藝術作品 kā 在地上出名 ê 產業文化展現出來，uân-nā 替農民行銷蓮霧，uân-nā hōo 外位仔來 ê 人認 bat 這个所在 ê 人文 kap 社會活動，會使講是「一兼二顧，摸 lâ-á 兼洗褲。」

　　咱若去林仔邊火車頭，sûi 看會著這个紅 kòng-kòng ê 色水；簡單 ê 蓮霧外形；鋼枋 ê 材質，規个設計 tsiânn 有現代感，hông 看著 tō suî 知影是代表蓮霧 ê 藝術作品，毋免 koh tshāi 牌仔說明。邊仔 koh 有蓮霧形 ê 椅仔，坐 leh 嘛會想著有夠好食 ê 烏真珠蓮霧。Tsiânn 簡單、清楚，配合在地 ê 人文、歷史 kap 社會活動 ê 特性，確實是真讚 koh suí ê 公共藝術作品。

　　我想，kài 重要 ê 是 tshiànn 在地 ê 藝術家來設計，tsiah 會當 kā 在地 ê 產業文化 kap 內涵呈現出來。透過 tsiah ê 公共藝術作品行銷鄉鎮，嘛 hōo 在地人種作蓮霧 ê 過程，tsiânn-tsò 在地文史 ê 跤跡。

V

答案 kap
試題答案卡
（POJ／傳統版）

國立成功大學台灣語文測驗中心

全民台語認證
Tsuân-bîn Tâi-gí Jīn-tsing

考試科別：第 1 節　閱讀測驗　選擇題答案卡

准考證號碼：

【缺考欄 ○ 】（考生請 mài tī 這欄畫記）

注意事項	1. 限用 2B 鉛筆作答。
	2. 畫記 ài 烏、清楚，ài kā 圓 khoo 仔畫 hō͘ tīⁿ，bē-tàng thóo 出去格仔外口。 　　畫例－ē-tàng 判讀：●，bē-tàng 判讀：ⓋⒻⓍ．。
	3. 請使用 hú-á（橡皮擦）修改答案，mài 使用「修正液」塗改。
	4. 作答進前請核對答案卡頂面 ê 准考證號碼，若 kap 本人 ê 准考證號碼無全， 　　請 sûi 時通知監考人員處理。

#	Ans		#	Ans		#	Ans		#	Ans
1	D		16	C		31	C		46	A
2	D		17	D		32	D		47	C
3	A		18	B		33	A		48	A
4	B		19	A		34	A		49	D
5	D		20	A		35	D		50	C
6	C		21	B		36	B		51	A
7	C		22	D		37	D		52	C
8	B		23	C		38	B		53	D
9	B		24	A		39	D		54	D
10	C		25	A		40	A		55	D
11	A		26	B		41	D		56	D
12	C		27	A		42	A		57	C
13	B		28	A		43	D		58	D
14	D		29	D		44	B		59	B
15	D		30	C		45	B		60	C

國立成功大學台灣語文測驗中心

全民台語認證
Tsuân-bîn Tâi-gí Jīn-tsing

考試科別：第 2 節 ___聽力測驗___ 選擇題答案卡

准考證號碼：

【缺考欄 ◯ 】（考生請 mài tī 這欄畫記）

注意事項	1. 限用 2B 鉛筆作答。 2. 畫記 ài 烏、清楚，ài kā 圓 khơ 仔畫 hō tīⁿ，bē-tàng thứ 出去格仔外口。 　　畫例－ē-tàng 判讀：●，bē-tàng 判讀：ⓥ ⊘ ⓧ ⊙ 。 3. 請使用 hú-á（橡皮擦）修改答案，mài 使用「修正液」塗改。 4. 作答進前請核對答案卡頂面 ê 准考證號碼，若 kap 本人 ê 准考證號碼無全， 　　請 sûi 時通知監考人員處理。

```
 1  Ⓐ ● Ⓒ Ⓓ      16  Ⓐ Ⓑ ● Ⓓ      31  ● Ⓑ Ⓒ Ⓓ
 2  Ⓐ ● Ⓒ Ⓓ      17  Ⓐ ● Ⓒ Ⓓ      32  ● Ⓑ Ⓒ Ⓓ
 3  ● Ⓑ Ⓒ Ⓓ      18  Ⓐ Ⓑ Ⓒ ●      33  Ⓐ ● Ⓒ Ⓓ
 4  Ⓐ Ⓑ ● Ⓓ      19  Ⓐ Ⓑ ● Ⓓ      34  Ⓐ ● Ⓒ Ⓓ
 5  Ⓐ ● Ⓒ Ⓓ      20  Ⓐ Ⓑ ● Ⓓ      35  Ⓐ Ⓑ ● Ⓓ
 6  Ⓐ ● Ⓒ Ⓓ      21  Ⓐ ● Ⓒ Ⓓ      36  Ⓐ Ⓑ ● Ⓓ
 7  ● Ⓑ Ⓒ Ⓓ      22  Ⓐ Ⓑ ● Ⓓ      37  Ⓐ ● Ⓒ Ⓓ
 8  Ⓐ ● Ⓒ Ⓓ      23  Ⓐ Ⓑ ● Ⓓ      38  Ⓐ Ⓑ ● Ⓓ
 9  ● Ⓑ Ⓒ Ⓓ      24  Ⓐ ● Ⓒ Ⓓ      39  Ⓐ Ⓑ Ⓒ ●
10  ● Ⓑ Ⓒ Ⓓ      25  Ⓐ Ⓑ ● ●      40  Ⓐ ● Ⓒ Ⓓ
11  Ⓐ Ⓑ ● Ⓓ      26  Ⓐ Ⓑ ● Ⓓ
12  Ⓐ Ⓑ Ⓒ ●      27  Ⓐ Ⓑ ● Ⓓ
13  ● Ⓑ Ⓒ Ⓓ      28  ● Ⓑ Ⓒ Ⓓ
14  Ⓐ Ⓑ ● Ⓓ      29  Ⓐ Ⓑ ● Ⓓ
15  Ⓐ ● Ⓒ Ⓓ      30  Ⓐ Ⓑ Ⓒ ●
```

聽寫測驗答案

作答時間：大約 20 分鐘，以實際錄音時間為準。　配分：攏總 80 分。

　　請用傳統台灣字（教會羅馬字/POJ）來書寫，聲調一律用本調 ê 調符表示。用藍色抑是黑色原子筆作答。作答 ê 時，請照編號 ê 順序 kā 答案寫 tī 空格仔內，chiah 有準算。

題號	答案
1	chhéng-an
2	iàn-o
3	hong-liû
4	hī^n-khang
5	àm-pō͘
6	pat-im
7	thê-miâ
8	kiám-thó
9	hā-sûn
10	ti-koa^n
11	tāi-kè
12	í-toh
13	n̂g-gû
14	éng-kòe
15	chheh-tû
16	chhòng-khang
17	io̍h-sé
18	chhun-liân
19	chai-khu
20	su-hia^n

題號	答案
21	sin-niû
22	phian-phian
23	pún-sèng
24	hî-so͘
25	kiàn-gī
26	cha̍p-chhap
27	kiáu-jiáu
28	siong-tùi
29	ti-kha
30	pêng-hoân
31	siá^n-khoán
32	se-chng
33	bêng-liâu
34	tio̍h--tio̍h
35	í-óng
36	thoat-chúi
37	sèng-lêng
38	kiàm-tek
39	pian-kio̍k
40	chiok-hok

國立成功大學台灣語文測驗中心

全民台語認證
Tsuân-bîn Tâi-gí Jīn-tsìng

考試科別：第 1 節　__閱讀測驗__　選擇題答案卡

准考證號碼：

【缺考欄 ○ 】（考生請 mài tī 這欄畫記）

注意事項	1. 限用 2B 鉛筆作答。 2. 畫記 ài 烏、清楚，ài kā 圓 khơ 仔畫 hō tīⁿ，bē-tàng thó 出去格仔外口。 　畫例－ē-tàng 判讀：●，bē-tàng 判讀：Ⓥⓛ☒○。 3. 請使用 hú-á（橡皮擦）修改答案，mài 使用「修正液」塗改。 4. 作答進前請核對答案卡頂面 ê 准考證號碼，若 kap 本人 ê 准考證號碼無全， 　請 sûi 時通知監考人員處理。

1	Ⓐ Ⓑ Ⓒ Ⓓ	16	Ⓐ Ⓑ Ⓒ Ⓓ	31	Ⓐ Ⓑ Ⓒ Ⓓ	46	Ⓐ Ⓑ Ⓒ Ⓓ
2	Ⓐ Ⓑ Ⓒ Ⓓ	17	Ⓐ Ⓑ Ⓒ Ⓓ	32	Ⓐ Ⓑ Ⓒ Ⓓ	47	Ⓐ Ⓑ Ⓒ Ⓓ
3	Ⓐ Ⓑ Ⓒ Ⓓ	18	Ⓐ Ⓑ Ⓒ Ⓓ	33	Ⓐ Ⓑ Ⓒ Ⓓ	48	Ⓐ Ⓑ Ⓒ Ⓓ
4	Ⓐ Ⓑ Ⓒ Ⓓ	19	Ⓐ Ⓑ Ⓒ Ⓓ	34	Ⓐ Ⓑ Ⓒ Ⓓ	49	Ⓐ Ⓑ Ⓒ Ⓓ
5	Ⓐ Ⓑ Ⓒ Ⓓ	20	Ⓐ Ⓑ Ⓒ Ⓓ	35	Ⓐ Ⓑ Ⓒ Ⓓ	50	Ⓐ Ⓑ Ⓒ Ⓓ
6	Ⓐ Ⓑ Ⓒ Ⓓ	21	Ⓐ Ⓑ Ⓒ Ⓓ	36	Ⓐ Ⓑ Ⓒ Ⓓ	51	Ⓐ Ⓑ Ⓒ Ⓓ
7	Ⓐ Ⓑ Ⓒ Ⓓ	22	Ⓐ Ⓑ Ⓒ Ⓓ	37	Ⓐ Ⓑ Ⓒ Ⓓ	52	Ⓐ Ⓑ Ⓒ Ⓓ
8	Ⓐ Ⓑ Ⓒ Ⓓ	23	Ⓐ Ⓑ Ⓒ Ⓓ	38	Ⓐ Ⓑ Ⓒ Ⓓ	53	Ⓐ Ⓑ Ⓒ Ⓓ
9	Ⓐ Ⓑ Ⓒ Ⓓ	24	Ⓐ Ⓑ Ⓒ Ⓓ	39	Ⓐ Ⓑ Ⓒ Ⓓ	54	Ⓐ Ⓑ Ⓒ Ⓓ
10	Ⓐ Ⓑ Ⓒ Ⓓ	25	Ⓐ Ⓑ Ⓒ Ⓓ	40	Ⓐ Ⓑ Ⓒ Ⓓ	55	Ⓐ Ⓑ Ⓒ Ⓓ
11	Ⓐ Ⓑ Ⓒ Ⓓ	26	Ⓐ Ⓑ Ⓒ Ⓓ	41	Ⓐ Ⓑ Ⓒ Ⓓ	56	Ⓐ Ⓑ Ⓒ Ⓓ
12	Ⓐ Ⓑ Ⓒ Ⓓ	27	Ⓐ Ⓑ Ⓒ Ⓓ	42	Ⓐ Ⓑ Ⓒ Ⓓ	57	Ⓐ Ⓑ Ⓒ Ⓓ
13	Ⓐ Ⓑ Ⓒ Ⓓ	28	Ⓐ Ⓑ Ⓒ Ⓓ	43	Ⓐ Ⓑ Ⓒ Ⓓ	58	Ⓐ Ⓑ Ⓒ Ⓓ
14	Ⓐ Ⓑ Ⓒ Ⓓ	29	Ⓐ Ⓑ Ⓒ Ⓓ	44	Ⓐ Ⓑ Ⓒ Ⓓ	59	Ⓐ Ⓑ Ⓒ Ⓓ
15	Ⓐ Ⓑ Ⓒ Ⓓ	30	Ⓐ Ⓑ Ⓒ Ⓓ	45	Ⓐ Ⓑ Ⓒ Ⓓ	60	Ⓐ Ⓑ Ⓒ Ⓓ

國立成功大學台灣語文測驗中心

全民台語認證
Tsuân-bîn Tâi-gí Jīn-tsìng

考試科別：第 1 節 ＿閱讀測驗＿ 選擇題答案卡

准考證號碼：

【缺考欄 ○ 】（考生請 mài tī 這欄畫記）

注意事項

1. 限用 2B 鉛筆作答。
2. 畫記 ài 烏、清楚，ài kā 圓 khơ仔畫 hơ tīⁿ，bē-tàng thớ出去格仔外口。
　 畫例－ē-tàng 判讀：●，bē-tàng 判讀：Ⓥ∕Ⓧ○。
3. 請使用 hú-á（橡皮擦）修改答案，mài 使用「修正液」塗改。
4. 作答進前請核對答案卡頂面 ê 准考證號碼，若 kap 本人 ê 准考證號碼無全，
　 請 sûi 時通知監考人員處理。

1 Ⓐ Ⓑ Ⓒ Ⓓ	16 Ⓐ Ⓑ Ⓒ Ⓓ	31 Ⓐ Ⓑ Ⓒ Ⓓ	46 Ⓐ Ⓑ Ⓒ Ⓓ
2 Ⓐ Ⓑ Ⓒ Ⓓ	17 Ⓐ Ⓑ Ⓒ Ⓓ	32 Ⓐ Ⓑ Ⓒ Ⓓ	47 Ⓐ Ⓑ Ⓒ Ⓓ
3 Ⓐ Ⓑ Ⓒ Ⓓ	18 Ⓐ Ⓑ Ⓒ Ⓓ	33 Ⓐ Ⓑ Ⓒ Ⓓ	48 Ⓐ Ⓑ Ⓒ Ⓓ
4 Ⓐ Ⓑ Ⓒ Ⓓ	19 Ⓐ Ⓑ Ⓒ Ⓓ	34 Ⓐ Ⓑ Ⓒ Ⓓ	49 Ⓐ Ⓑ Ⓒ Ⓓ
5 Ⓐ Ⓑ Ⓒ Ⓓ	20 Ⓐ Ⓑ Ⓒ Ⓓ	35 Ⓐ Ⓑ Ⓒ Ⓓ	50 Ⓐ Ⓑ Ⓒ Ⓓ
6 Ⓐ Ⓑ Ⓒ Ⓓ	21 Ⓐ Ⓑ Ⓒ Ⓓ	36 Ⓐ Ⓑ Ⓒ Ⓓ	51 Ⓐ Ⓑ Ⓒ Ⓓ
7 Ⓐ Ⓑ Ⓒ Ⓓ	22 Ⓐ Ⓑ Ⓒ Ⓓ	37 Ⓐ Ⓑ Ⓒ Ⓓ	52 Ⓐ Ⓑ Ⓒ Ⓓ
8 Ⓐ Ⓑ Ⓒ Ⓓ	23 Ⓐ Ⓑ Ⓒ Ⓓ	38 Ⓐ Ⓑ Ⓒ Ⓓ	53 Ⓐ Ⓑ Ⓒ Ⓓ
9 Ⓐ Ⓑ Ⓒ Ⓓ	24 Ⓐ Ⓑ Ⓒ Ⓓ	39 Ⓐ Ⓑ Ⓒ Ⓓ	54 Ⓐ Ⓑ Ⓒ Ⓓ
10 Ⓐ Ⓑ Ⓒ Ⓓ	25 Ⓐ Ⓑ Ⓒ Ⓓ	40 Ⓐ Ⓑ Ⓒ Ⓓ	55 Ⓐ Ⓑ Ⓒ Ⓓ
11 Ⓐ Ⓑ Ⓒ Ⓓ	26 Ⓐ Ⓑ Ⓒ Ⓓ	41 Ⓐ Ⓑ Ⓒ Ⓓ	56 Ⓐ Ⓑ Ⓒ Ⓓ
12 Ⓐ Ⓑ Ⓒ Ⓓ	27 Ⓐ Ⓑ Ⓒ Ⓓ	42 Ⓐ Ⓑ Ⓒ Ⓓ	57 Ⓐ Ⓑ Ⓒ Ⓓ
13 Ⓐ Ⓑ Ⓒ Ⓓ	28 Ⓐ Ⓑ Ⓒ Ⓓ	43 Ⓐ Ⓑ Ⓒ Ⓓ	58 Ⓐ Ⓑ Ⓒ Ⓓ
14 Ⓐ Ⓑ Ⓒ Ⓓ	29 Ⓐ Ⓑ Ⓒ Ⓓ	44 Ⓐ Ⓑ Ⓒ Ⓓ	59 Ⓐ Ⓑ Ⓒ Ⓓ
15 Ⓐ Ⓑ Ⓒ Ⓓ	30 Ⓐ Ⓑ Ⓒ Ⓓ	45 Ⓐ Ⓑ Ⓒ Ⓓ	60 Ⓐ Ⓑ Ⓒ Ⓓ

國立成功大學台灣語文測驗中心

全民台語認證
Tsuân-bîn Tâi-gí Jīn-tsìng
NCKU · CTLT · GTPT

考試科別：第 2 節　<u>聽力測驗</u>　選擇題答案卡

准考證號碼：

【缺考欄 ○ 】（考生請 mài tī 這欄畫記）

| 注意事項 | 1. 限用 2B 鉛筆作答。
2. 畫記 ài 烏、清楚，ài kā 圓 kho͘ 仔畫 hō͘ tīⁿ，bē-tàng thó͘ 出去格仔外口。
　　畫例－ē-tàng 判讀：●，bē-tàng 判讀：ⓥ ⊘ ⊗ ⊙ 。
3. 請使用 hú-á（橡皮擦）修改答案，mài 使用「修正液」塗改。
4. 作答進前請核對答案卡頂面 ê 准考證號碼，若 kap 本人 ê 准考證號碼無仝，
　　請 suî 時通知監考人員處理。 |

1 Ⓐ Ⓑ Ⓒ Ⓓ	16 Ⓐ Ⓑ Ⓒ Ⓓ	31 Ⓐ Ⓑ Ⓒ Ⓓ
2 Ⓐ Ⓑ Ⓒ Ⓓ	17 Ⓐ Ⓑ Ⓒ Ⓓ	32 Ⓐ Ⓑ Ⓒ Ⓓ
3 Ⓐ Ⓑ Ⓒ Ⓓ	18 Ⓐ Ⓑ Ⓒ Ⓓ	33 Ⓐ Ⓑ Ⓒ Ⓓ
4 Ⓐ Ⓑ Ⓒ Ⓓ	19 Ⓐ Ⓑ Ⓒ Ⓓ	34 Ⓐ Ⓑ Ⓒ Ⓓ
5 Ⓐ Ⓑ Ⓒ Ⓓ	20 Ⓐ Ⓑ Ⓒ Ⓓ	35 Ⓐ Ⓑ Ⓒ Ⓓ
6 Ⓐ Ⓑ Ⓒ Ⓓ	21 Ⓐ Ⓑ Ⓒ Ⓓ	36 Ⓐ Ⓑ Ⓒ Ⓓ
7 Ⓐ Ⓑ Ⓒ Ⓓ	22 Ⓐ Ⓑ Ⓒ Ⓓ	37 Ⓐ Ⓑ Ⓒ Ⓓ
8 Ⓐ Ⓑ Ⓒ Ⓓ	23 Ⓐ Ⓑ Ⓒ Ⓓ	38 Ⓐ Ⓑ Ⓒ Ⓓ
9 Ⓐ Ⓑ Ⓒ Ⓓ	24 Ⓐ Ⓑ Ⓒ Ⓓ	39 Ⓐ Ⓑ Ⓒ Ⓓ
10 Ⓐ Ⓑ Ⓒ Ⓓ	25 Ⓐ Ⓑ Ⓒ Ⓓ	40 Ⓐ Ⓑ Ⓒ Ⓓ
11 Ⓐ Ⓑ Ⓒ Ⓓ	26 Ⓐ Ⓑ Ⓒ Ⓓ	
12 Ⓐ Ⓑ Ⓒ Ⓓ	27 Ⓐ Ⓑ Ⓒ Ⓓ	
13 Ⓐ Ⓑ Ⓒ Ⓓ	28 Ⓐ Ⓑ Ⓒ Ⓓ	
14 Ⓐ Ⓑ Ⓒ Ⓓ	29 Ⓐ Ⓑ Ⓒ Ⓓ	
15 Ⓐ Ⓑ Ⓒ Ⓓ	30 Ⓐ Ⓑ Ⓒ Ⓓ	

國立成功大學台灣語文測驗中心

全民台語認證
Tsuân-bîn Tâi-gí Jīn-tsìng
NCKU · CTLT · GTPT

考試科別：第 2 節　<u>聽力測驗</u>　選擇題答案卡

准考證號碼：

【缺考欄 ◯ 】（考生請 mài tī 這欄畫記）

注意事項	1. 限用 2B 鉛筆作答。 2. 畫記 ài 烏、清楚，ài kā 圓 khơ 仔畫 hō tīⁿ，bē-tàng thó 出去格仔外口。 　畫例－ē-tàng 判讀：●，bē-tàng 判讀：Ⓥ Ⓞ Ⓧ Ⓞ 。 3. 請使用 hú-á（橡皮擦）修改答案，mài 使用「修正液」塗改。 4. 作答進前請核對答案卡頂面 ê 准考證號碼，若 kap 本人 ê 准考證號碼無全， 　請 suî 時通知監考人員處理。

1 Ⓐ Ⓑ Ⓒ Ⓓ	16 Ⓐ Ⓑ Ⓒ Ⓓ	31 Ⓐ Ⓑ Ⓒ Ⓓ
2 Ⓐ Ⓑ Ⓒ Ⓓ	17 Ⓐ Ⓑ Ⓒ Ⓓ	32 Ⓐ Ⓑ Ⓒ Ⓓ
3 Ⓐ Ⓑ Ⓒ Ⓓ	18 Ⓐ Ⓑ Ⓒ Ⓓ	33 Ⓐ Ⓑ Ⓒ Ⓓ
4 Ⓐ Ⓑ Ⓒ Ⓓ	19 Ⓐ Ⓑ Ⓒ Ⓓ	34 Ⓐ Ⓑ Ⓒ Ⓓ
5 Ⓐ Ⓑ Ⓒ Ⓓ	20 Ⓐ Ⓑ Ⓒ Ⓓ	35 Ⓐ Ⓑ Ⓒ Ⓓ
6 Ⓐ Ⓑ Ⓒ Ⓓ	21 Ⓐ Ⓑ Ⓒ Ⓓ	36 Ⓐ Ⓑ Ⓒ Ⓓ
7 Ⓐ Ⓑ Ⓒ Ⓓ	22 Ⓐ Ⓑ Ⓒ Ⓓ	37 Ⓐ Ⓑ Ⓒ Ⓓ
8 Ⓐ Ⓑ Ⓒ Ⓓ	23 Ⓐ Ⓑ Ⓒ Ⓓ	38 Ⓐ Ⓑ Ⓒ Ⓓ
9 Ⓐ Ⓑ Ⓒ Ⓓ	24 Ⓐ Ⓑ Ⓒ Ⓓ	39 Ⓐ Ⓑ Ⓒ Ⓓ
10 Ⓐ Ⓑ Ⓒ Ⓓ	25 Ⓐ Ⓑ Ⓒ Ⓓ	40 Ⓐ Ⓑ Ⓒ Ⓓ
11 Ⓐ Ⓑ Ⓒ Ⓓ	26 Ⓐ Ⓑ Ⓒ Ⓓ	
12 Ⓐ Ⓑ Ⓒ Ⓓ	27 Ⓐ Ⓑ Ⓒ Ⓓ	
13 Ⓐ Ⓑ Ⓒ Ⓓ	28 Ⓐ Ⓑ Ⓒ Ⓓ	
14 Ⓐ Ⓑ Ⓒ Ⓓ	29 Ⓐ Ⓑ Ⓒ Ⓓ	
15 Ⓐ Ⓑ Ⓒ Ⓓ	30 Ⓐ Ⓑ Ⓒ Ⓓ	

聽寫測驗答案紙

准考證號碼：

作答時間：大約 20 分鐘，以實際錄音時間為準。　　配分：攏總 80 分。

請用傳統台灣字（教會羅馬字/POJ）來書寫，聲調一律用本調 ê 調符表示。用藍色抑是黑色原子筆作答。作答 ê 時，請照編號 ê 順序 kā 答案寫 tī 空格仔內，chiah 有準算。

題號	答案
1	
2	
3	
4	
5	
6	
7	
8	
9	
10	
11	
12	
13	
14	
15	
16	
17	
18	
19	
20	

題號	答案
21	
22	
23	
24	
25	
26	
27	
28	
29	
30	
31	
32	
33	
34	
35	
36	
37	
38	
39	
40	

全民台語認證
Tsuân-bîn Tâi-gí Jīn-tsìng
NCKU · CTLT · GTPT

聽寫測驗答案紙

准考證號碼：

作答時間：大約 20 分鐘，以實際錄音時間為準。　配分：攏總 80 分。

　　請用傳統台灣字（教會羅馬字/POJ）來書寫，聲調一律用本調 ê 調符表示。用藍色抑是黑色原子筆作答。作答 ê 時，請照編號 ê 順序 kā 答案寫 tī 空格仔內，chiah 有準算。

題號	答案
1	
2	
3	
4	
5	
6	
7	
8	
9	
10	
11	
12	
13	
14	
15	
16	
17	
18	
19	
20	

題號	答案
21	
22	
23	
24	
25	
26	
27	
28	
29	
30	
31	
32	
33	
34	
35	
36	
37	
38	
39	
40	

VI
答案 kap
試題答案卡
（TL／台羅版）

國立成功大學台灣語文測驗中心

全民台語認證
Tsuân-bîn Tâi-gí Jīn-tsìng

考試科別：第 1 節 　閱讀測驗　 選擇題答案卡

准考證號碼：

【缺考欄 ○ 】（考生請 mài tī 這欄畫記）

| 注意事項 | 1. 限用 2B 鉛筆作答。
2. 畫記 ài 烏、清楚，ài kā 圓 khoo 仔畫 hōo tīnn，buē-tàng thóo 出去格仔外口。
　 畫例－ē-tàng 判讀：●，buē-tàng 判讀：Ⓥ Ⓘ Ⓧ ○。
3. 請使用 hú-á（橡皮擦）修改答案，mài 使用「修正液」塗改。
4. 作答進前請核對答案卡頂面 ê 准考證號碼，若 kap 本人 ê 准考證號碼無仝，
　 請 suî 時通知監考人員處理。 |

1　Ⓐ Ⓑ Ⓒ ●
2　Ⓐ Ⓑ Ⓒ ●
3　● Ⓑ Ⓒ Ⓓ
4　Ⓐ ● Ⓒ Ⓓ
5　Ⓐ Ⓑ Ⓒ ●
6　Ⓐ Ⓑ ● Ⓓ
7　Ⓐ Ⓑ ● Ⓓ
8　Ⓐ ● Ⓒ Ⓓ
9　Ⓐ ● Ⓒ Ⓓ
10　Ⓐ Ⓑ Ⓒ ●
11　● Ⓑ Ⓒ Ⓓ
12　Ⓐ Ⓑ ● Ⓓ
13　Ⓐ ● Ⓒ Ⓓ
14　Ⓐ Ⓑ Ⓒ ●
15　Ⓐ Ⓑ Ⓒ ●

16　Ⓐ Ⓑ ● Ⓓ
17　Ⓐ Ⓑ Ⓒ ●
18　Ⓐ ● Ⓒ Ⓓ
19　Ⓐ Ⓑ ● Ⓓ
20　● Ⓑ Ⓒ Ⓓ
21　Ⓐ Ⓑ ● Ⓓ
22　Ⓐ Ⓑ Ⓒ ●
23　Ⓐ ● Ⓒ Ⓓ
24　● Ⓑ Ⓒ Ⓓ
25　Ⓐ ● Ⓒ Ⓓ
26　Ⓐ ● Ⓒ Ⓓ
27　● Ⓑ Ⓒ Ⓓ
28　Ⓐ ● Ⓒ Ⓓ
29　Ⓐ Ⓑ Ⓒ ●
30　Ⓐ ● Ⓒ Ⓓ

31　Ⓐ Ⓑ ● Ⓓ
32　Ⓐ Ⓑ Ⓒ ●
33　Ⓐ ● Ⓒ Ⓓ
34　Ⓐ ● Ⓒ Ⓓ
35　Ⓐ Ⓑ ● Ⓓ
36　Ⓐ ● Ⓒ Ⓓ
37　Ⓐ ● Ⓒ Ⓓ
38　Ⓐ ● Ⓒ Ⓓ
39　Ⓐ Ⓑ ● Ⓓ
40　Ⓐ Ⓑ ● Ⓓ
41　Ⓐ Ⓑ ● Ⓓ
42　● Ⓑ Ⓒ Ⓓ
43　Ⓐ Ⓑ ● Ⓓ
44　Ⓐ Ⓑ ● Ⓓ
45　Ⓐ ● Ⓒ Ⓓ

46　● Ⓑ Ⓒ Ⓓ
47　Ⓐ Ⓑ ● Ⓓ
48　● Ⓑ Ⓒ Ⓓ
49　Ⓐ Ⓑ Ⓒ ●
50　Ⓐ Ⓑ ● Ⓓ
51　● Ⓑ Ⓒ Ⓓ
52　Ⓐ Ⓑ ● Ⓓ
53　Ⓐ Ⓑ Ⓒ ●
54　Ⓐ Ⓑ Ⓒ ●
55　Ⓐ Ⓑ Ⓒ ●
56　Ⓐ ● Ⓒ Ⓓ
57　Ⓐ Ⓑ ● Ⓓ
58　Ⓐ Ⓑ Ⓒ ●
59　Ⓐ ● Ⓒ Ⓓ
60　Ⓐ Ⓑ ● Ⓓ

國立成功大學台灣語文測驗中心

全民台語認證
Tsuân-bîn Tâi-gí Jīn-tsìng
NCKU · CTLT · GTPT

考試科別：第 2 節　聽力測驗　選擇題答案卡

准考證號碼：

【缺考欄 ○ 】（考生請 mài tī 這欄畫記）

注意事項	1. 限用 2B 鉛筆作答。 2. 畫記 ài 烏、清楚，ài kā 圓 khoo 仔畫 hōo tīnn，buē-tàng thóo 出去格仔外口。 　　畫例－ē-tàng 判讀：●，buē-tàng 判讀：ⓥ⊘Ⓧ．。 3. 請使用 hú-á（橡皮擦）修改答案，mài 使用「修正液」塗改。 4. 作答進前請核對答案卡頂面 ê 准考證號碼，若 kap 本人 ê 准考證號碼無仝， 　　請 suî 時通知監考人員處理。

1 Ⓐ ● Ⓒ Ⓓ
2 Ⓐ ● Ⓒ Ⓓ
3 ● Ⓑ Ⓒ Ⓓ
4 Ⓐ Ⓑ ● Ⓓ
5 Ⓐ Ⓑ ● Ⓓ
6 Ⓐ ● Ⓒ Ⓓ
7 ● Ⓑ Ⓒ Ⓓ
8 Ⓐ ● Ⓒ Ⓓ
9 ● Ⓑ Ⓒ Ⓓ
10 ● Ⓑ Ⓒ Ⓓ
11 Ⓐ Ⓑ ● Ⓓ
12 Ⓐ Ⓑ Ⓒ ●
13 ● Ⓑ Ⓒ Ⓓ
14 Ⓐ Ⓑ ● Ⓓ
15 Ⓐ ● Ⓒ Ⓓ

16 Ⓐ Ⓑ ● Ⓓ
17 Ⓐ Ⓑ ● Ⓓ
18 Ⓐ Ⓑ Ⓒ ●
19 ● Ⓑ Ⓒ Ⓓ
20 Ⓐ ● Ⓒ Ⓓ
21 Ⓐ ● Ⓒ Ⓓ
22 Ⓐ ● Ⓒ Ⓓ
23 Ⓐ Ⓑ Ⓒ ●
24 Ⓐ ● Ⓒ Ⓓ
25 Ⓐ ● Ⓒ Ⓓ
26 Ⓐ Ⓑ ● Ⓓ
27 Ⓐ Ⓑ ● Ⓓ
28 ● Ⓑ Ⓒ Ⓓ
29 Ⓐ Ⓑ ● Ⓓ
30 Ⓐ Ⓑ Ⓒ ●

31 ● Ⓑ Ⓒ Ⓓ
32 ● Ⓑ Ⓒ Ⓓ
33 Ⓐ ● Ⓒ Ⓓ
34 Ⓐ ● Ⓒ Ⓓ
35 ● Ⓑ Ⓒ Ⓓ
36 Ⓐ Ⓑ ● Ⓓ
37 Ⓐ ● Ⓒ Ⓓ
38 ● Ⓑ Ⓒ Ⓓ
39 Ⓐ Ⓑ Ⓒ ●
40 Ⓐ ● Ⓒ Ⓓ

聽寫測驗答案紙

作答時間：大約 20 分鐘，以實際錄音時間為準。　配分：攏總 80 分。

　　請用教育部公布 ê 台羅拼音正式版來書寫，聲調一律用本調 ê 調符表示。用藍色抑是黑色原子筆作答。作答 ê 時，請照編號 ê 順序 kā 答案寫 tī 空格仔內，tsiah 有準算。

題號	答案
1	tshíng-an
2	iàn-o
3	hong-liû
4	hīnn-khang
5	àm-pōo
6	pat-im
7	thê-miâ
8	kiám-thó
9	hā-sûn
10	ti-kuann
11	tāi-kè
12	í-toh
13	n̂g-gû
14	íng-kuè
15	tsheh-tû
16	tshòng-khang
17	ioh-sé
18	tshun-liân
19	tsai-khu
20	su-hiann

題號	答案
21	sin-niû
22	phian-phian
23	pún-sìng
24	hî-soo
25	kiàn-gī
26	tsap-tshap
27	kiáu-jiáu
28	siong-tuì
29	ti-kha
30	pîng-huân
31	siánn-khuán
32	se-tsng
33	bîng-liâu
34	tioh--tioh
35	í-óng
36	thuat-tsuí
37	sìng-lîng
38	kiàm-tik
39	pian-kiok
40	tsiok-hok

國立成功大學台灣語文測驗中心

全民台語認證
Tsuân-bîn Tâi-gí Jīn-tsìng
NCKU · CTLT · GTPT

考試科別：第 1 節　閱讀測驗　選擇題答案卡

准考證號碼：

【缺考欄 ○ 】（考生請 mài tī 這欄畫記）

注意事項	1. 限用 2B 鉛筆作答。 2. 畫記 ài 烏、清楚，ài kā 圓 khoo 仔畫 hōo tīnn，buē-tàng thóo 出去格仔外口。 　 畫例－ē-tàng 判讀：●，buē-tàng 判讀：Ⓥⓘⓧ.。 3. 請使用 hú-á（橡皮擦）修改答案，mài 使用「修正液」塗改。 4. 作答進前請核對答案卡頂面 ê 准考證號碼，若 kap 本人 ê 准考證號碼無全， 　 請 suî 時通知監考人員處理。

1 Ⓐ Ⓑ Ⓒ Ⓓ　16 Ⓐ Ⓑ Ⓒ Ⓓ　31 Ⓐ Ⓑ Ⓒ Ⓓ　46 Ⓐ Ⓑ Ⓒ Ⓓ

2 Ⓐ Ⓑ Ⓒ Ⓓ　17 Ⓐ Ⓑ Ⓒ Ⓓ　32 Ⓐ Ⓑ Ⓒ Ⓓ　47 Ⓐ Ⓑ Ⓒ Ⓓ

3 Ⓐ Ⓑ Ⓒ Ⓓ　18 Ⓐ Ⓑ Ⓒ Ⓓ　33 Ⓐ Ⓑ Ⓒ Ⓓ　48 Ⓐ Ⓑ Ⓒ Ⓓ

4 Ⓐ Ⓑ Ⓒ Ⓓ　19 Ⓐ Ⓑ Ⓒ Ⓓ　34 Ⓐ Ⓑ Ⓒ Ⓓ　49 Ⓐ Ⓑ Ⓒ Ⓓ

5 Ⓐ Ⓑ Ⓒ Ⓓ　20 Ⓐ Ⓑ Ⓒ Ⓓ　35 Ⓐ Ⓑ Ⓒ Ⓓ　50 Ⓐ Ⓑ Ⓒ Ⓓ

6 Ⓐ Ⓑ Ⓒ Ⓓ　21 Ⓐ Ⓑ Ⓒ Ⓓ　36 Ⓐ Ⓑ Ⓒ Ⓓ　51 Ⓐ Ⓑ Ⓒ Ⓓ

7 Ⓐ Ⓑ Ⓒ Ⓓ　22 Ⓐ Ⓑ Ⓒ Ⓓ　37 Ⓐ Ⓑ Ⓒ Ⓓ　52 Ⓐ Ⓑ Ⓒ Ⓓ

8 Ⓐ Ⓑ Ⓒ Ⓓ　23 Ⓐ Ⓑ Ⓒ Ⓓ　38 Ⓐ Ⓑ Ⓒ Ⓓ　53 Ⓐ Ⓑ Ⓒ Ⓓ

9 Ⓐ Ⓑ Ⓒ Ⓓ　24 Ⓐ Ⓑ Ⓒ Ⓓ　39 Ⓐ Ⓑ Ⓒ Ⓓ　54 Ⓐ Ⓑ Ⓒ Ⓓ

10 Ⓐ Ⓑ Ⓒ Ⓓ　25 Ⓐ Ⓑ Ⓒ Ⓓ　40 Ⓐ Ⓑ Ⓒ Ⓓ　55 Ⓐ Ⓑ Ⓒ Ⓓ

11 Ⓐ Ⓑ Ⓒ Ⓓ　26 Ⓐ Ⓑ Ⓒ Ⓓ　41 Ⓐ Ⓑ Ⓒ Ⓓ　56 Ⓐ Ⓑ Ⓒ Ⓓ

12 Ⓐ Ⓑ Ⓒ Ⓓ　27 Ⓐ Ⓑ Ⓒ Ⓓ　42 Ⓐ Ⓑ Ⓒ Ⓓ　57 Ⓐ Ⓑ Ⓒ Ⓓ

13 Ⓐ Ⓑ Ⓒ Ⓓ　28 Ⓐ Ⓑ Ⓒ Ⓓ　43 Ⓐ Ⓑ Ⓒ Ⓓ　58 Ⓐ Ⓑ Ⓒ Ⓓ

14 Ⓐ Ⓑ Ⓒ Ⓓ　29 Ⓐ Ⓑ Ⓒ Ⓓ　44 Ⓐ Ⓑ Ⓒ Ⓓ　59 Ⓐ Ⓑ Ⓒ Ⓓ

15 Ⓐ Ⓑ Ⓒ Ⓓ　30 Ⓐ Ⓑ Ⓒ Ⓓ　45 Ⓐ Ⓑ Ⓒ Ⓓ　60 Ⓐ Ⓑ Ⓒ Ⓓ

國立成功大學台灣語文測驗中心

全民台語認證
Tsuân-bîn Tâi-gí Jīn-tsìng
NCKU · CTLT · GTPT

考試科別：第 1 節　閱讀測驗　選擇題答案卡

准考證號碼：

【缺考欄 ○ 】（考生請 mài tī 這欄畫記）

注意事項	1. 限用 2B 鉛筆作答。 2. 畫記 ài 烏、清楚，ài kā 圓 khoo 仔畫 hōo tīnn，buē-tàng thóo 出去格仔外口。 　 畫例－ē-tàng 判讀：●，buē-tàng 判讀：⊘ / ⊗ ◑ 。 3. 請使用 hú-á（橡皮擦）修改答案，mài 使用「修正液」塗改。 4. 作答進前請核對答案卡頂面 ê 准考證號碼，若 kap 本人 ê 准考證號碼無全， 　 請 suî 時通知監考人員處理。

1	Ⓐ Ⓑ Ⓒ Ⓓ	16	Ⓐ Ⓑ Ⓒ Ⓓ	31	Ⓐ Ⓑ Ⓒ Ⓓ	46	Ⓐ Ⓑ Ⓒ Ⓓ
2	Ⓐ Ⓑ Ⓒ Ⓓ	17	Ⓐ Ⓑ Ⓒ Ⓓ	32	Ⓐ Ⓑ Ⓒ Ⓓ	47	Ⓐ Ⓑ Ⓒ Ⓓ
3	Ⓐ Ⓑ Ⓒ Ⓓ	18	Ⓐ Ⓑ Ⓒ Ⓓ	33	Ⓐ Ⓑ Ⓒ Ⓓ	48	Ⓐ Ⓑ Ⓒ Ⓓ
4	Ⓐ Ⓑ Ⓒ Ⓓ	19	Ⓐ Ⓑ Ⓒ Ⓓ	34	Ⓐ Ⓑ Ⓒ Ⓓ	49	Ⓐ Ⓑ Ⓒ Ⓓ
5	Ⓐ Ⓑ Ⓒ Ⓓ	20	Ⓐ Ⓑ Ⓒ Ⓓ	35	Ⓐ Ⓑ Ⓒ Ⓓ	50	Ⓐ Ⓑ Ⓒ Ⓓ
6	Ⓐ Ⓑ Ⓒ Ⓓ	21	Ⓐ Ⓑ Ⓒ Ⓓ	36	Ⓐ Ⓑ Ⓒ Ⓓ	51	Ⓐ Ⓑ Ⓒ Ⓓ
7	Ⓐ Ⓑ Ⓒ Ⓓ	22	Ⓐ Ⓑ Ⓒ Ⓓ	37	Ⓐ Ⓑ Ⓒ Ⓓ	52	Ⓐ Ⓑ Ⓒ Ⓓ
8	Ⓐ Ⓑ Ⓒ Ⓓ	23	Ⓐ Ⓑ Ⓒ Ⓓ	38	Ⓐ Ⓑ Ⓒ Ⓓ	53	Ⓐ Ⓑ Ⓒ Ⓓ
9	Ⓐ Ⓑ Ⓒ Ⓓ	24	Ⓐ Ⓑ Ⓒ Ⓓ	39	Ⓐ Ⓑ Ⓒ Ⓓ	54	Ⓐ Ⓑ Ⓒ Ⓓ
10	Ⓐ Ⓑ Ⓒ Ⓓ	25	Ⓐ Ⓑ Ⓒ Ⓓ	40	Ⓐ Ⓑ Ⓒ Ⓓ	55	Ⓐ Ⓑ Ⓒ Ⓓ
11	Ⓐ Ⓑ Ⓒ Ⓓ	26	Ⓐ Ⓑ Ⓒ Ⓓ	41	Ⓐ Ⓑ Ⓒ Ⓓ	56	Ⓐ Ⓑ Ⓒ Ⓓ
12	Ⓐ Ⓑ Ⓒ Ⓓ	27	Ⓐ Ⓑ Ⓒ Ⓓ	42	Ⓐ Ⓑ Ⓒ Ⓓ	57	Ⓐ Ⓑ Ⓒ Ⓓ
13	Ⓐ Ⓑ Ⓒ Ⓓ	28	Ⓐ Ⓑ Ⓒ Ⓓ	43	Ⓐ Ⓑ Ⓒ Ⓓ	58	Ⓐ Ⓑ Ⓒ Ⓓ
14	Ⓐ Ⓑ Ⓒ Ⓓ	29	Ⓐ Ⓑ Ⓒ Ⓓ	44	Ⓐ Ⓑ Ⓒ Ⓓ	59	Ⓐ Ⓑ Ⓒ Ⓓ
15	Ⓐ Ⓑ Ⓒ Ⓓ	30	Ⓐ Ⓑ Ⓒ Ⓓ	45	Ⓐ Ⓑ Ⓒ Ⓓ	60	Ⓐ Ⓑ Ⓒ Ⓓ

國立成功大學台灣語文測驗中心

全民台語認證
Tsuân-bîn Tâi-gí Jīn-tsìng

NCKU · CTLT · GTPT

考試科別：第 2 節 聽力測驗 選擇題答案卡

准考證號碼：

【缺考欄 ○ 】（考生請 mài tī 這欄畫記）

注意事項	
注意事項	1. 限用 2B 鉛筆作答。 2. 畫記 ài 烏、清楚，ài kā 圓 khoo 仔畫 hōo tīnn，buē-tàng thóo 出去格仔外口。 畫例－ē-tàng 判讀：●，buē-tàng 判讀：ⓥ ⊘ ⓧ ⊙ 。 3. 請使用 hú-á（橡皮擦）修改答案，mài 使用「修正液」塗改。 4. 作答進前請核對答案卡頂面 ê 准考證號碼，若 kap 本人 ê 准考證號碼無仝，請 suî 時通知監考人員處理。

1	Ⓐ	Ⓑ	Ⓒ	Ⓓ	16	Ⓐ	Ⓑ	Ⓒ	Ⓓ	31	Ⓐ	Ⓑ	Ⓒ	Ⓓ
2	Ⓐ	Ⓑ	Ⓒ	Ⓓ	17	Ⓐ	Ⓑ	Ⓒ	Ⓓ	32	Ⓐ	Ⓑ	Ⓒ	Ⓓ
3	Ⓐ	Ⓑ	Ⓒ	Ⓓ	18	Ⓐ	Ⓑ	Ⓒ	Ⓓ	33	Ⓐ	Ⓑ	Ⓒ	Ⓓ
4	Ⓐ	Ⓑ	Ⓒ	Ⓓ	19	Ⓐ	Ⓑ	Ⓒ	Ⓓ	34	Ⓐ	Ⓑ	Ⓒ	Ⓓ
5	Ⓐ	Ⓑ	Ⓒ	Ⓓ	20	Ⓐ	Ⓑ	Ⓒ	Ⓓ	35	Ⓐ	Ⓑ	Ⓒ	Ⓓ
6	Ⓐ	Ⓑ	Ⓒ	Ⓓ	21	Ⓐ	Ⓑ	Ⓒ	Ⓓ	36	Ⓐ	Ⓑ	Ⓒ	Ⓓ
7	Ⓐ	Ⓑ	Ⓒ	Ⓓ	22	Ⓐ	Ⓑ	Ⓒ	Ⓓ	37	Ⓐ	Ⓑ	Ⓒ	Ⓓ
8	Ⓐ	Ⓑ	Ⓒ	Ⓓ	23	Ⓐ	Ⓑ	Ⓒ	Ⓓ	38	Ⓐ	Ⓑ	Ⓒ	Ⓓ
9	Ⓐ	Ⓑ	Ⓒ	Ⓓ	24	Ⓐ	Ⓑ	Ⓒ	Ⓓ	39	Ⓐ	Ⓑ	Ⓒ	Ⓓ
10	Ⓐ	Ⓑ	Ⓒ	Ⓓ	25	Ⓐ	Ⓑ	Ⓒ	Ⓓ	40	Ⓐ	Ⓑ	Ⓒ	Ⓓ
11	Ⓐ	Ⓑ	Ⓒ	Ⓓ	26	Ⓐ	Ⓑ	Ⓒ	Ⓓ					
12	Ⓐ	Ⓑ	Ⓒ	Ⓓ	27	Ⓐ	Ⓑ	Ⓒ	Ⓓ					
13	Ⓐ	Ⓑ	Ⓒ	Ⓓ	28	Ⓐ	Ⓑ	Ⓒ	Ⓓ					
14	Ⓐ	Ⓑ	Ⓒ	Ⓓ	29	Ⓐ	Ⓑ	Ⓒ	Ⓓ					
15	Ⓐ	Ⓑ	Ⓒ	Ⓓ	30	Ⓐ	Ⓑ	Ⓒ	Ⓓ					

國立成功大學台灣語文測驗中心

全民台語認證
Tsuân-bîn Tâi-gí Jīn-tsìng

考試科別：第 2 節 __聽力測驗__ 選擇題答案卡

准考證號碼：

【缺考欄 ○ 】（考生請 mài tī 這欄畫記）

注意事項	1. 限用 2B 鉛筆作答。 2. 畫記 ài 烏、清楚，ài kā 圓 khoo 仔畫 hōo tīnn，buē-tàng thóo 出去格仔外口。 　 畫例－ē-tàng 判讀：●，buē-tàng 判讀：Ⓥ Ⓙ Ⓧ ⨀ 。 3. 請使用 hú-á（橡皮擦）修改答案，mài 使用「修正液」塗改。 4. 作答進前請核對答案卡頂面 ê 准考證號碼，若 kap 本人 ê 准考證號碼無全， 　 請 suî 時通知監考人員處理。

1 Ⓐ Ⓑ Ⓒ Ⓓ	16 Ⓐ Ⓑ Ⓒ Ⓓ	31 Ⓐ Ⓑ Ⓒ Ⓓ
2 Ⓐ Ⓑ Ⓒ Ⓓ	17 Ⓐ Ⓑ Ⓒ Ⓓ	32 Ⓐ Ⓑ Ⓒ Ⓓ
3 Ⓐ Ⓑ Ⓒ Ⓓ	18 Ⓐ Ⓑ Ⓒ Ⓓ	33 Ⓐ Ⓑ Ⓒ Ⓓ
4 Ⓐ Ⓑ Ⓒ Ⓓ	19 Ⓐ Ⓑ Ⓒ Ⓓ	34 Ⓐ Ⓑ Ⓒ Ⓓ
5 Ⓐ Ⓑ Ⓒ Ⓓ	20 Ⓐ Ⓑ Ⓒ Ⓓ	35 Ⓐ Ⓑ Ⓒ Ⓓ
6 Ⓐ Ⓑ Ⓒ Ⓓ	21 Ⓐ Ⓑ Ⓒ Ⓓ	36 Ⓐ Ⓑ Ⓒ Ⓓ
7 Ⓐ Ⓑ Ⓒ Ⓓ	22 Ⓐ Ⓑ Ⓒ Ⓓ	37 Ⓐ Ⓑ Ⓒ Ⓓ
8 Ⓐ Ⓑ Ⓒ Ⓓ	23 Ⓐ Ⓑ Ⓒ Ⓓ	38 Ⓐ Ⓑ Ⓒ Ⓓ
9 Ⓐ Ⓑ Ⓒ Ⓓ	24 Ⓐ Ⓑ Ⓒ Ⓓ	39 Ⓐ Ⓑ Ⓒ Ⓓ
10 Ⓐ Ⓑ Ⓒ Ⓓ	25 Ⓐ Ⓑ Ⓒ Ⓓ	40 Ⓐ Ⓑ Ⓒ Ⓓ
11 Ⓐ Ⓑ Ⓒ Ⓓ	26 Ⓐ Ⓑ Ⓒ Ⓓ	
12 Ⓐ Ⓑ Ⓒ Ⓓ	27 Ⓐ Ⓑ Ⓒ Ⓓ	
13 Ⓐ Ⓑ Ⓒ Ⓓ	28 Ⓐ Ⓑ Ⓒ Ⓓ	
14 Ⓐ Ⓑ Ⓒ Ⓓ	29 Ⓐ Ⓑ Ⓒ Ⓓ	
15 Ⓐ Ⓑ Ⓒ Ⓓ	30 Ⓐ Ⓑ Ⓒ Ⓓ	

聽寫測驗答案紙

准考證號碼：

作答時間：大約 20 分鐘，以實際錄音時間為準。　配分：攏總 80 分。

請用教育部公布 ê 台羅拼音正式版來書寫，聲調一律用本調 ê 調符表示。用藍色抑是黑色原子筆作答。作答 ê 時，請照編號 ê 順序 kā 答案寫 tī 空格仔內，tsiah 有準算。

題號	答案
1	
2	
3	
4	
5	
6	
7	
8	
9	
10	
11	
12	
13	
14	
15	
16	
17	
18	
19	
20	

題號	答案
21	
22	
23	
24	
25	
26	
27	
28	
29	
30	
31	
32	
33	
34	
35	
36	
37	
38	
39	
40	

全民台語認證
Tsuân-bîn Tâi-gí Jīn-tsìng

聽寫測驗答案紙

准考證號碼：

作答時間：大約 20 分鐘，以實際錄音時間為準。　　配分：攏總 80 分。

　　請用教育部公布 ê 台羅拼音正式版來書寫，聲調一律用本調 ê 調符表示。用藍色抑是黑色原子筆作答。作答 ê 時，請照編號 ê 順序 kā 答案寫 tī 空格仔內，tsiah 有準算。

題號	答案
1	
2	
3	
4	
5	
6	
7	
8	
9	
10	
11	
12	
13	
14	
15	
16	
17	
18	
19	
20	

題號	答案
21	
22	
23	
24	
25	
26	
27	
28	
29	
30	
31	
32	
33	
34	
35	
36	
37	
38	
39	
40	